Ich widme das Buch Deutschland, meiner zweiten Heimat.

Edvard Nerhus

Man nannte mich Deutschenkind

Roman

© 2019 Edvard Nerhus

Verlag & Druck: tredition GmbH, Halenreie 40-44, 22359 Hamburg
ISBN: 978-3-7482-6952-6 (Paperback)
    978-3-7482-6953-3 (Hardcover)
    978-3-7482-6954-0 (e-Book)

Bibliografische Information der Deutschen Nationalbibliothek:
Die Deutsche Nationalbibliothek verzeichnet diese Publikation in der Deutschen Nationalbibliografie; detaillierte bibliografische Daten sind im Internet über http://dnb.d-nb.de abrufbar.

Erster Teil

*

Das im Geviert eines Lattenzauns stehende weiße Fischer-häuschen ist mit seinen glühbirnenhellen Fenstern schon früh aus dem Dunkel hervorgekrochen. Nur in den schwarzgrünen Schatten der mit Nadelwald überzogenen Berge liegt noch die Nacht. Ihr Schweigen weicht dem Schrei des Morgenrots, das das Land in ein Blutbad taucht. Blutrot entsteigt der Sonnenball dem Meer, seine flammende Zunge leckt den eben noch blauschwarzen Ozean. Die Wolken glühen.

Das sich den Berg hinauf Beißende gleicht dem zu einem schwarzen Block zusammengebackenen Schattenriss einer Prozession. Während der schmale wendige Kopf schon im Berg steht, windet sich der größte Teil des wuchtigen metallischen Leibes noch durch die Wiesen der Ebene. Der Marsch durch die beinkalte Nacht hat es ermüdet.

Die Sonne wirft immer mehr Blut auf Erde und Meer und in die taubenblauen Augen einer jungen Frau. Sie steht wie erstarrt vor dem weißen Haus. Flammen schlagen aus dem Kopf und fallen über ihre Schultern bis tief in den Rücken.

Die Sonne jagt den Morgentau in feinen Schlieren aus Gras und Gebüsch. Wie Elfen tanzen sie zwischen den Grashalmen. Aus den Bäumen greifen Nebelhände ins Licht des neuen Tages. Die winzigen Tautröpfchen, die sich angesichts der sich den Berg hinaufarbeitenden Kolonne von Soldaten auf den hellen Wimpern der rothaarigen Frau niedergelassen haben, sind kein Niederschlag der Nacht, es sind Tränen. Im aufkommenden Licht glitzern sie wie Eiskristalle.

Das Sonnenblut versickert, die im Meer liegenden Blutlachen werden kleiner und kleiner und lösen sich schließlich auf. Die Sonne schält die zarte Haut des auf Meer und Fjord liegenden Seenebels ab und gibt den nächtens erblindeten Wassern ihren Glanz zurück. Die Haare der Frau bleiben orangerot.

Im Licht des noch jungen Tages sehen jetzt auch der gerade vom Nachtfischen heimkehrende Fischer Kasper Nerhus, der Vater der rothaarigen jungen Frau, seine ganz in schwarz gekleidete Gattin Alma und sein Sohn Erik, der ihm beim Einbringen der Fische geholfen hat, die den Berg hinauf marschierenden Soldaten.

Sie tragen feldgraue Uniformen und hohe Stiefel, auf den Köpfen Stahlhelme. Sie marschieren in Dreierreihen, Tornister auf dem Rücken, Gewehre geschultert. Angeführt wird die Kolonne von einer Militärkapelle. Trompeten, Waldhörner und Tuben. Von Zeit zu Zeit setzen die Bläser ihre Instrumente schnell an den Mund und feuern ihre Kameraden mit einem Marsch an. Das wogende Auf und Ab der Helme, deren jedem die Sonne eine kleine Schwester aufgesetzt hat, die wie Stabmagnete streng ausgerichteten im Morgenlicht blitzenden blanken Gewehrläufe und die den Marschierenden folgenden im Schritttempo dahin schleichenden mit dunklen Planen überzogenen LKW geben der Formation die bedrohliche Geschlossenheit eines das blutende Land durchpflügenden prähistorischen Tieres.

Am Ende der Kolonne fährt ein Kübelwagen mit offenem Verdeck. Der Offizier auf dem Beifahrersitz hat seinen angewinkelten Arm auf der Tür abgelegt und blickt gelassen in die Landschaft. Ganz unvermittelt bewegt sich sein Kopf in Richtung der weißen Fischerhütte. Betroffen presst die rothaarige Inger ihre Hände auf den Mund, um einen Schrei zu unterdrücken. Vater Kasper schmaucht in aller Seelenruhe seine Pfeife weiter.

»Das sind die Deutschen, stimmt's?« unterbricht Erik die Stille.

Friedrich Lange, Nachschubkommandeur, lehnt sich aus dem Mercedes-Kübelwagen. Sein Blick schweift über das sich entlang dem Fjord erstreckende Fischerdorf Støldal. Im warmen rotorangen Morgenlicht erinnert ihn jetzt nichts mehr an den sepiablauen Abgrund, unter dem sich Meer und Fjord während der Morgendämmerung verbargen. Das dem Dunkel entfliehende, rasch dem Licht entgegen eilende Land sieht er von letzten hellvioletten, blutroten, erd- und sandfarbenen Flecken überzogen, die sich nach und nach zu dem in zarten Dunstschleiern verfließenden Grün der Bäume und Büsche, dem erdigen Rot der Brachen und der noch von feinen wolkigen Klecksen zerrissenen Wiese zusammenfügen. Mit zusammengekniffenen Lidern schaut er durch das flimmernde rötlich-violette Strahlengitter, das die tiefliegende Sonnenkugel auf seine Augen legt. Nur einen Wimpernschlag entfernt entdeckt er die junge Frau vor dem weißen Haus.

Sie trägt ein bis zum Boden reichendes weites weißes Kleid, das fest um ihre Taille geschnürt ist. Das Kleid verbirgt ihre Beine unter einer gleißenden Glocke, aus der ein von einem kleinen feinrosigen Gesichtsoval gekrönter zarter Oberkörper emporwächst. Ein Wasserfall orangeroter Haare umspielt dieses Oval, ergießt sich über ihre beiden Brüste, fällt bis zu der Schnürung des Kleides, ganz so, als wolle er die feingeschnittene Silhouette der Frau betonen. Das Rot dieser Haare, die Glockenform des Kleides...Friedrich glaubt, in eine ihm vertraute Szenerie zu blicken. Aber was bedeutet die Hand auf ihrem Mund? Er schaut ganz genau hin, um dieser vermeintlichen Illusion habhaft zu werden, und wird vom Anblick des nur ein paar Schritte hinter der Frau stehenden älteren Mannes aus seiner Träumerei gerissen. Wie versteinert blickt der Pfeife rauchende Mann ihm entgegen.

Jeder Meter Höhengewinn führt Friedrichs Auge weiter in die Ferne, Ebene für Ebene. Als die Helligkeit unerträglich wird, wendet er sich vom Meer ab und seinem Ziel, der Kaserne, zu, deren Tor weit wie ein Riesenmaul geöffnet ist.

Vater Kaspar nimmt seine Pfeife aus dem Mund und blickt nachdenklich in die Asche des im Wind aufglühenden Tabaks.

»Nichts wird mehr so sein wie vordem« brummt er.

Es ist der 25. Mai 1940. Während die meisten Dorfbewohner noch im Schlaf liegen, wird das Fischerdorf Støldal von einem Nachschubbataillon der deutschen Wehrmacht besetzt. Kaum zwei Monate nachdem die Deutschen im Rahmen der Operation Weserübung Oslo eingenommen haben, dringen sie bereits ins Fischerdorf Støldal ein. Dieses Küstendorf ist als Stützpunkt für die Versorgung der deutschen Truppen in Oslo und den umliegenden drei Provinzen ausersehen. Ein Nachschubbataillon mit 800 Mann soll hier fest stationiert werden. Der norwegische Administrationsrat hat die Dorfbewohner vor vollendete Tatsachen gestellt und den Deutschen das Recht erteilt, Støldal militärisch zu nutzen.

*

V ater Kaspers Prophezeiung erfüllt sich.

Ein halbes Jahr nach der Ankunft der Deutschen verschwindet Herr Goldstern, der Fischhändler, ein kleiner
schmächtiger alter Mann. Jeden dritten Tag war er aus Oslo her-
ausgekommen, um Fisch einzukaufen. Sein hoher schwarzer Hut,
den er anscheinend nur trug, um sich tief zum Boden beugend ihn
vor die eingefallene Brust zu halten und den Töchtern von Støldal
seine Ehrerbietung zu erweisen, hatte ihn zu einer auffallenden
Erscheinung gemacht. Schlaff und kraftlos wie eine Marionette
hing er dann über dem Boden.

Die Fischer hatten gut von seinem Geld leben können und so
war er im ganzen Dorf ein gern gesehener Gast gewesen. Er hatte
unter einer Brustverengung, wie er es nannte, gelitten, einer stän-
digen Luftnot, die seine Stimme piepsig machte, denn er musste
die Sätze regelrecht aus seiner Brust durch den brodelnden Bron-
chialschleim hinauspressen.

»Eines schönen Tages wird er mich holen, der Tod«, hatte er oft
lachend gesagt. »Friss Tod, friss dein Teil!«

Von einem Tag auf den anderen war Goldstern nicht mehr aufgetaucht. Zunächst wusste niemand, was mit ihm geschehen war.
War er seiner Brustverengung erlegen und erstickt, oder hatten sie
ihn abgeholt? Alle Fischer in Støldal hatten ihn gekannt, und jeder
hatte große Stücke auf ihn gehalten, und so bestimmten sie einen,
der nach Oslo fahren und nach Goldsterns Verbleib forschen sollte.
Nach drei Tagen war er zurückgekommen, blass, übernächtigt und
ausgemergelt. Goldsterns Fischladen sei mit einer schweren Eisen-
kette verschlossen gewesen, die Auslage zertreten, auf der Schau-
fensterscheibe in weißer Farbe die Krakelei »Kauft nicht bei Juden!« In Goldsterns direkt über dem Laden liegender Wohnung sei
kein Mensch gewesen, Schränke und Schubladen durchwühlt, Bücher und Geschäftspapiere zerrissen, es habe nach kaltem Zigaret-

tenqualm und abgestandenem Urin gerochen, wahrscheinlich hätten sich seine Besucher über seinem Eigentum erleichtert. Seine Nachbarn hätten erzählt, zwei deutsche Polizisten, beide einen Kopf größer als er, hätten ihn, seine Frau und seine beiden Söhne mitgenommen. Sie seien nicht mehr zurückgekehrt.

Goldsterns Fischhandel übernimmt ein hochgewachsener Mann in den Vierzigern. Die Deutschen haben ihn in eine grüne Uniform gesteckt, so dass jedem gleich klar ist, auf welcher Seite er steht. Um überhaupt noch an Geld zu kommen, sind die Fischer gezwungen, ihn mit Fisch zu beliefern. Die Fischhändler sind verpflichtet, zuerst die Deutschen mit Fisch zu versorgen, und zwar zu Preisen, die erheblich unter den in Norwegen üblichen Marktpreisen liegen.

»Alle Leute müssen den Gürtel enger schnallen. Nur die Deutschen rücken in dieser schwierigen Wirtschaftslage überhaupt noch Geld fürs Essen raus«, begründet der neue Fischhändler seine um mehr als die Hälfte reduzierten Einkaufspreise.

Kasper Nerhus lehnt das Angebot des Fischhändlers zunächst ab. Doch als das Geld nicht einmal mehr fürs tägliche Essen reicht, wird auch er zum Kollaborateur und verkauft dem Händler seinen Fisch. Das Schicksal der Familie hängt von nun an vom Wohlwollen der Deutschen ab. Hass steigt in Kasper Nerhus auf, gegen die Deutschen, aber auch gegen sich selbst.

Nach und nach prägen deutsche Soldaten das Bild von Støldal. Überall sind sie zu sehen auf ihren Fahrrädern, Krädern und Militärfahrzeugen. Sie sind nicht unfreundlich. Bei den Kindern sind sie sogar recht beliebt. Diese erkunden gerne ihre Fahrzeuge, hüpfen auf den Sitzen herum und lassen sich mit Scho-Ka-Kola und Bonbons beschenken. Die Deutschen machen sich einen Spaß daraus, die Kleinen auf den Gepäckträgern ihrer Fahrräder durchs Dorf zu chauffieren. Einige einheimische Mädchen schwingen sich gar auf die Oberrohre und lassen sich, die Beine weit ausgesteckt, zum Tanzboden kutschieren, wo sie sich mit den Soldaten vergnügen.

Inger wird auch immer häufiger auf der Straße von Deutschen angesprochen, aber sie senkt sofort ihren Kopf und beschleunigt ihre Schritte. Sie denkt an ihren Freund Leon, den blondgelockten Draufgänger, Geselle des Schmiedes, der vor staunenden Mädchen gerne seine Muskeln spielen lässt und allerlei Kraftmeiereien vorführt.

Leon hat eine Nebenbeschäftigung bei den Deutschen. Wegen seiner kräftigen Statur nennen sie ihn Thor. Sie bewundern Thors Körper und seine Kraft und haben ihn schon kurze Zeit nach ihrer Ankunft in Støldal in die Kaserne eingeladen, auf dass er sie mit seinen Kraftkunststücken unterhalte. Nach den Besuchen in der Kaserne scheint Leon häufig ernüchtert und im Dorf kann sich niemand einen Reim darauf machen. Liegt es an der Überanstrengung, oder schämt er sich, weil er für die Deutschen arbeitet?

Mitte April des auf den Einmarsch der Deutschen folgenden Jahres lädt Leon Inger zu einem Strandspaziergang ein. Ihn scheint etwas zu bedrücken. Er bewegt sich nicht wie sonst kraftvoll und beschwingt, sondern er geht vornüber gebeugt, so als trage er ein Geheimnis mit sich.

Kraftlos lässt sich Leon auf einen der am Meer liegenden Findlinge fallen. Inger schaut ihn an, doch er erwidert ihren Blick nicht. Er hat sich dem Meer zugewandt, das grau-silbrig abweisend in seiner Wanne schwappt.

»Inger, ich gehe bald nach Schweden.«

»Was? Nach Schweden? Was willst du denn dort? Machst du dort Urlaub?«

»Ich fahre doch nicht in Urlaub. Schweden ist nur eine Zwischenstation. Von Schweden geht's dann weiter nach England. Aber das bleibt unter uns. Nicht mal meine Eltern wissen es.«

»Nach England, wo unser König ist?«

»Genau, dort will ich hin! Zu unserem König!«

»Was willst du denn dort machen? «

»Ihn um ein Foto bitten!«

»Um ein Foto?«

»Entschuldige meinen dummen Witz, Inger. Aber den wirklichen Grund meines Gehens kann ich dir nicht verraten. Ich kann dir nur soviel sagen, dass..., ja, dass ich mich hier in diesem besetzten Norwegen nicht mehr besonders wohl fühle. Diese Scheißkerle, diese Halunken...«

»Du meinst die Deutschen?«

»Ja. Ich hasse diese verbrecherischen Hakenkreuzler.«

»Aber die machen uns doch nichts...außer..., außer dass es immer knapper wird mit den Lebensmitteln und mit dem Geld, seitdem die da sind.«

»Die Lebensmittelknappheit ist noch das geringste Übel. Der Magen kann ruhig leer bleiben, aber wenn man sich selbst verleugnen muss, ist es kein Leben mehr! Diese Hakenkreuzler nehmen uns doch jede Freiheit. Hast du denn nicht bemerkt, dass die Zeitungen und der Rundfunk zensiert werden? Selbst Wetterberichte werden keine mehr veröffentlicht. Die Küstenbefeuerung wurde abgeschaltet, und abends müssen wir unsere Fenster abdichten, damit kein Licht nach außen dringt. Das ist doch kein Leben mehr!«

Während Leon redet, wird sein Rücken hart und abweisend. Ingers Füße suchen Halt im weichen Boden. Dann wendet sie sich um und sieht, dass er seinen Kopf in den Händen vergraben hat.

»Du kannst doch nicht so einfach weggehen. Das Sankt-Hans-Fest steht schon vor der Tür. Mit wem soll ich tanzen, wenn du nicht da bist?« Vor Ingers geistigem Auge tauchen die Bilder auf, wie Leon sie beim letzten Mittsommerfest am Strand hochgeworfen und wieder aufgefangen hat, wie das halbe Dorf dort versammelt war, um sie für ihre Tanzfiguren zu bewundern.

Leon hebt den Kopf. »Ach Inger, was wurmt mich das Sankt-Hans-Fest? Für mich gibt's jetzt Wichtigeres als zu feiern. Du brauchst dir doch keinen Kopf wegen des Sankt-Hans-Festes zu machen. Du findest doch an jeder Ecke einen, der mit dir dorthin tanzen geht!«

Inger schaut bedrückt zu Boden.

»Wenn dieser deutsche Alptraum zu Ende ist, werden wir nächtelang durchtanzen.«

»Versprichst du es mir?«

»Ja, das verspreche ich dir!«

Leon legt seine Hand in die ihre und schaut sie fest an.

»Das Meer ist unser Zeuge.«

Doch das Meer schweigt.

*

E ine Nacht im Mai 1941.
Die erloschene Küstenbefeuerung hat Land und Meer
eins werden lassen. Nur sehr vereinzelt recken die trüben
Lampen wuchtiger Strandkiesel ihre graugrünlichen, rot- und
blauviolett melierten Köpfe in die Schwärze. Ferne Gestirne wirken
das feine Gewebe schweigender Helle der nordischen Nacht.

Eine gebeugte Silhouette erscheint auf der Bühne der Finsternis,
ein Gezeichneter aus dem Schattentheater der Gescheiterten. Er ist
den traumschweren Abwinden des Schlafes entronnen und steht
nun in dem von Sternenfeuern lichten Saal der Nacht.

Friedrich ist auf den Balkon seines Arbeitszimmers getreten. Er
ist einem bösen Traum entflohen. Er ist sich selbst begegnet, und
seinem Vater. Heilige Nacht. Sein Vater hatte »Es ist ein Ros ent-
sprungen« auf der Gitarre gespielt und jetzt war er dran mit seinem Gebet:

Lieber Heiland sei so gut,

lasse doch Dein teures Blut

in das Fegefeuer fließen,

wo die armen Seelen büßen.

Ach, sie leiden große Pein,

wollest ihnen gnädig sein.

Höre das Gebet der Deinen,

die sich alle hier vereinen;

Nimm die armen Seelen doch

heute in den Himmel noch.

Plötzlich hatte sein Vater einen Hammer in der Hand und schlug ihm einen langen rostigen Nagel in den Kopf. Der Vater war gerade dabei einen weiteren Nagel in seine Stirn zu treiben, als Friedrich mit schrecklichen Kopfschmerzen erwacht.

Was für eine erbärmliche Kreatur er doch ist! Vor drei Jahren hatte er seine Vergangenheit weggeworfen. In der Hoffnung, den Berliner Maskeraden zu entkommen, hat er sich Hals über Kopf ins Soldatenleben gestürzt.

Der Neid und die Niedertracht der Berliner Boheme hatten in ihm schon lange einen Ekel vor der Zivilisation hervorgerufen, der im Laufe der Jahre in einen regelrechten Lebensüberdruss übergegangen war. Er hatte nur noch dieser Zügellosigkeit, diesem ihn einschnürenden Moloch entfliehen wollen und hatte sich in einer Mischung von Neugierde und Abenteuerlust beim Militär beworben. Im Soldatischen hatte er plötzlich seine Berufung gesehen.

»Haben wir in Berlin nicht alle Masken getragen? Bin ich nicht hier in Norwegen erst zu dem geworden, der ich immer hatte sein wollen?« fragt er sich.

Eine leichte Brise kommt übers Meer und erst jetzt nimmt Friedrich wahr, dass er barfüßig und nur mit einem Schlafanzug bekleidet auf dem Balkon steht. Rasch tritt er in sein dunkles Büro zurück. Er schiebt die schweren Vorhänge zusammen, so dass kein Licht nach außen dringen kann. Dann knipst er die schwarze Schreibtischlampe an. Er setzt sich an den Schreibtisch, stützt sich mit den Ellenbogen darauf ab, und legt seinen Kopf in die Hände.

»Jetzt bin ich bereits ein Jahr hier in Støldal. Von Berlin nach Hamburg und dort auf ein Schiff verfrachtet. Erst nach dem Auslaufen erfahren, dass es nach Norwegen geht. Nun bin ich in der Landschaft Edvard Munchs«, sagt er zu sich selbst.

In Berlin hatte er in einer Gründerzeitvilla gelebt, direkt am Wannsee. Er war in die Fußstapfen seines Vaters getreten und Porträtmaler geworden. Fast täglich saß er in seinem Atelier in der Potsdamer Straße und malte die Licht- und Zwielichtgestalten der

Berliner Bohème, und ab und an war auch ein hohes Parteimitglied sein Modell, oder Kriegsveteranen, stolz auf ihre Arm-und Bein-prothesen oder ihre Glasaugen. Wenn ihre belegten Zungen um die nikotingelben Zahnreihen schlingerten und ihre Worte vom Sie-geszug Großdeutschlands kündeten, träumte er sich groß und sah seine Bilder in den staatlichen Kunstausstellungen in Berlin und München.

Friedrichs Gedanken kreisen um sein letztes Gemälde.

»Wie war das noch, als ich dieses unsägliche handwerklich per-fekte Gruppenporträt der Kriegsblinden und Zitterer, das ein Na-zibonze bei mir bestellt hatte, malte?« Er hatte sie mit reichlich Al-kohol ausgestattet und als sie hörten, dass das Bild »Lob des Krie-ges« heißen sollte, sangen sie ein Loblied auf den Krieg 1914/18, aus dem sie als Krüppel zurückgekehrt waren. Sie sangen von Lei-chenhaufen und dem Duft von Aas über den Schlachtfeldern, der allerlei Getier anlockte, das sich daran gütlich tat.

Der Krieg, der führt zum Sieg,

Sieg Heil, Sieg Heil, Sieg Heil.

Die Verbrecher von Versailles

Hat schon geköpft des Henkers Beil.

Sieg Heil, Sieg Heil, Sieg Heil.

Wie war das 14/18 noch

Da saßen wir im Schützenloch

und schossen mit der Artillerie

Franzosen ab wie's liebe Vieh.

Wie Hasen sind die Kerls gelaufen,

mitten in die Leichenhaufen.

Darauf lasst uns saufen.

Sieg Heil, Sieg Heil, Sieg Heil.

Und biss der böse Feind ins Gras,
entstieg dem Feld der Duft von Aas.
Drum hebet auf den Sieg das Glas.
Sieg Heil, Sieg Heil, Sieg Heil.

Was bleibt diesen armen besoffenen Kerlen anderes, als den Krieg zu loben, immerhin hat er ihnen ihr Leben gelassen. Friedrich dachte an seinen Vater, der so stolz darauf war, zu den Mitbegründern der Künstlergruppe »Berliner Sezession« gehört zu haben. Er hatte sich für Edvard Munch eingesetzt, und mit dafür gesorgt, dass dessen Bilder in Berlin ausgestellt wurden. Das war lange vorbei. Warum hatte er ihm eben einen Nagel in den Kopf getrieben? Wollte er ihn darauf aufmerksam machen, dass dieser Hitlerkrieg auch ihn, Friedrich, verkrüppeln, geistig verkrüppeln, wird?

Friedrich löscht das Licht und tritt noch einmal hinaus in die Nacht. Sein Auge schwimmt durch das Sternenmeer, unter sich den schwarzen Fjord und das unsichtbare Støldal, mit seinen freundlichen Einwohnern, einfachen ehrlichen Leuten, die keine Masken tragen, die nur Erde, Scholle und Meer verbunden sind, eins mit dem Land, in dem sie aufwuchsen und leben. Versonnen dringt sein Blick in das hohe Gewölbe der Nacht und es ist ihm, als stehe er zwischen zwei Welten, der soldatischen, die ihn zur Erfüllung seiner vaterländischen Pflichten ruft und der Welt der Kunst, zu der er den Kontakt zu verlieren droht. Er darf sich nicht festnageln lassen und ein ungelebtes Leben vor sich her schieben. In einem Monat, am 23. Juni, findet das Fest zur Sommersonnenwende statt. Leute aus dem Dorf, die in der Kaserne arbeiten, haben ihm davon erzählt. Hier in Norwegen heißt es das Sankt-Hans-Fest. Der längste Tag des Jahres, an dem auch zur Mitternacht die Sonne nicht untergehen will, wird mit der Verbrennung einer Strohhexe, mit Tanzen und Bootsfahrten gefeiert. Friedrich ist fest entschlossen, das Sankt-Hans-Fest zu besuchen.

*

As Inger am Strand ankommt, lodert dort bereits der große Scheiterhaufen. Eine Strohhexe ragt aus seiner Spitze hervor und das Feuer züngelt um ihre Beine. Sie steht für das Böse, das Unheilkündende, das in dieser Nacht der Sommersonnenwende eingeäschert werden soll. Das prasselnde Rot des Feuers schwimmt im sanft gekräuselten Wasser der See bis zu der sehr niedrig am violettblauen Horizont stehenden mattglühenden Sonnenscheibe. Eine rötlich-gelb vibrierende Nabelschnur fällt von der Sonne ins Meer, folgt der Spur des Feuers bis zum Strand, um dort den Scheiterhaufen zu nähren. Himmel, Wasser, Erde und Feuer sind Paten des heraufbrechenden Winterhalbjahres.

Drei Fiedeln spielen zum Tanz auf. Junge Frauen in langen weißen und roten Kleidern und Männer mit schwarzen Anzügen und weißen Hemden fassen sich bei den Händen und bilden einen Kreis, der sich entlang der melodischen Linien, die die Fiedeln ziehen, wie ein Herz pulsierend zusammenzieht und wieder expandiert. Der Kreis wird so weit, dass er an einer Stelle aufbricht und die Tanzenden wie eine rotweiße mit schwarzen Schleifen verzierte Blumengirlande im Wind der Melodien wehen. Schließlich zerfällt die Girlande in ihre weißen und roten Blüten und jede Blüte findet eine schwarze Schleife. Die Paare tanzen jetzt so eng umschlungen, dass sie zu vierbeinigen zweiköpfigen Wesen zusammenzuschmelzen scheinen.

Einige Paare lösen sich plötzlich aus ihrer Umarmung und laufen zum Meer, wo kleine über und über mit Blumen geschmückte Ruderboote auf sie warten. Jedes Paar findet ein Boot und sie schaukeln kleinen Mondsicheln gleich hinaus aufs Meer, der Sonne entgegen. Die Männer ziehen ihre Ruder kraftvoll durchs Wasser und schaufeln glitzernde Tropfen aus dem Meer, die in der Sonne wie Sternennebel glühen. Von Zeit zu Zeit fallen Blumen ins Wasser, torkeln anfangs in der Fahrrinne und verlieren sich dann im Gegenlicht, das die Farben der Boote löscht und nur schwarze Silhouetten übrig lässt, die schließlich ganz in der Sonnenscheibe verschwinden.

Inger ist mit Mutter Alma zum Sankt-Hans-Fest gekommen. Sie trägt ein weißes bis zum Boden reichendes Kleid mit kleinen gelben Blümchen, das ihre Mutter extra zu diesem Anlass für sie genäht hat. Der leichte Sommerwind hat ihr orangerotes Haar entfacht, so dass es zu brennen scheint. Wie eine Fackel steht sie da und wartet, dass jemand sie zum Tanzen auffordert. Aber alle Männer haben schon eine Tanzpartnerin. Enttäuscht sieht sie zu ihrer Mutter hinüber, die sich gleich nach der Ankunft auf die unweit des Scheiterhaufens aufgestellte aus schmalen Brettern gezimmerte Bank zurückgezogen hat und jetzt eingenickt ist.

In ihrem dunkelblauen überaus weiten Kleid, unter dem sie ihre Hände verborgen hält, wirkt die Fünfzigjährige wie ein achtlos zurückgelassener Haufen Stoff. Ihr Gesicht hat im diffusen Sonnenlicht einen dunkelgelben Ton angenommen. In die dunkelbraun gesäumten mattvioletten Augenhöhlen und die tiefen auf ihrer Stirn sich abzeichnenden und von ihren Mundwinkeln nach unten ziehenden Täler, die jahrzehntelange körperliche Arbeit und die stete Sorge um ein auskömmliches Leben auf der Bühne ihres Antlitzes hinterlassen haben, fällt kein Licht. Nur wenn die mittsommernächtlichen Flammen sich einen noch jungfräulichen Holzscheit greifen, das in diesem verbliebene Harz grell aufleuchtet und die tief im Holz verborgenen Wasserspeicher prasselnd und knallend detonieren, zaubert sich die Helle des Feuers, kleinen wetterleuchtenden Blitzen gleich, auf dem Auf und Ab der Landschaft ihres Gesichts eine bewegende Szenerie, die die Abgründe aufhellt, für Augenblicke die Verzweiflung vor sich herjagt und die feinen zerbrechlichen Züge einer schönen Frau zum Vorschein bringt, die, wenn die Flammen sich den Holzscheit einverleibt haben, gerade den Tiefen entrissen, schon wieder verbleichen und die vergrämten Züge einer verbrauchten Frau zurücklassen. Inger erschrickt angesichts dieses Wechselspiels auf dem Gesicht ihrer Mutter. Es ist ihr, als schaue sie in einen Spiegel.

Einige Paare verlassen torkelnd das Fest. Ihr Ziel ist der Tannenwald auf dem sanft ansteigenden Berg. Am Fuße stehen die Bäume nur vereinzelt, weiter oben werden sie immer dichter, bis sie ganz von einem dunklen Blauschwarz aufgesogen werden. In dieses Blauschwarz bewegen die Paare sich schwankend hinein, bis man sie nicht mehr sieht, sondern nur noch ihr ausgelassenes Lachen und Juchzen hört.

»Darf ich Sie zum Tanz bitten?« fragt einer Inger. Er hat einen starken ausländischen Akzent.

Erschrocken wendet Inger ihren Kopf dem Mann zu, der von Niemand-weiß-woher neben ihr aufgetaucht ist: ein deutscher Offizier in Uniform.

»Ich muss jetzt leider nach Hause. Meine Mutter ist schon sehr müde. Dort sitzt sie, sehen Sie?« Inger zeigt auf die Bank, wo ihre Mutter sitzt.

»Das ist sehr schade. Beim nächsten Mal vielleicht«, antwortet der Deutsche. Seine Enttäuschung kann er kaum verbergen.

»Ja, beim nächsten Mal. Auf Wiedersehen!«

Inger hat bemerkt, dass sie während des Gesprächs mit dem Deutschen von hinten beobachtet wurde. Nachdem der Deutsche weg ist, wendet sie ihren Kopf, um zu sehen, wer der Beobachter ist. Ein Mann in derselben Militäruniform, also auch ein deutscher Offizier! Seine dunkelbraunen rechts gescheitelten Haare zeichnen auf seinem glatten im matten Licht wächsern glänzenden Gesicht eine rasiermesserscharfe Kontur. Er sitzt auf einem Stein. Sein linkes Bein ausgestreckt, hat er seinen rechten Fuß auf dem linken abgelegt. Auf den Oberschenkeln liegt ein großer Zeichenblock, darauf seine linke Hand. Seine Rechte, die einen Stift hält, lässt er fast bis zum sandigen Boden sinken. Der Mann hat sehr große und doch feine, gepflegte Hände. Um das Gleichgewicht zu halten, hat er sich leicht nach vorn gebeugt.

Inger erkennt in ihm sofort den Offizier, der sie beim Einmarsch so angestarrt hat. Als warte er schon die ganze Zeit auf Ingers Blickkontakt, schaut er sie fest an, so fest, als wolle er sie mit seinem Blick an Ort und Stelle bannen. Sonst verzieht er keine Miene, zeigt keinerlei Regung, ein Gesicht, das nichts verraten will. Nur die Augen liegen wie zwei unverrückbare Leuchtfeuer in dieser Leere.

Der feste Blick macht Ingers Beine schwer wie Blei, so dass sie sich nur mit Mühe auf ihre Mutter zu bewegen kann.

»Mama, lass uns nach Hause gehen. Es ist fast Mitternacht!« Inger weckt ihre Mutter und fasst sie unter dem Arm.

»Oje, ich habe vollkommen die Zeit vergessen. Man weiß das ja auch nicht, die Sonne geht heute doch gar nicht unter!« Die Mutter lacht und steht auf.

Inger weiß nicht, wie lange der Blick des Mannes sie festgehalten hat. Es fühlt sich an wie eine Ewigkeit. Als sie geht, spürt sie seinen Blick immer noch in ihrem Genick, wie er sich in ihre Haut einbrennt.

*

H erbst 1941.
Inger ist nur schwer durch die Nacht gekommen. Der
neue Tag steht vor ihr wie eine undurchdringliche Wand.
Als sie aus dem Fenster auf das unter dem schmutziggrauen Nebel
verborgene leise stöhnende Meer blickt, ahnt sie, dass etwas geschehen ist. Und als sie die Stiege zur Küche hinabsteigt, weiß sie,
was geschehen ist.

Erik ist verschwunden.

Vater Kasper ist nicht aufs Meer gefahren. Er hat die ganze
Nacht auf seinen Sohn gewartet. Die ganze Nacht hat er am Küchentisch gesessen und stumm auf seinen Teller gestarrt. Dort sitzt
er immer noch, und neben ihm Mutter Alma, die sich die Tränen
aus dem Gesicht wischt.

Erst vor ein paar Tagen hatte Erik Inger anvertraut, dass er am
liebsten zu den Deutschen gehen würde. Der Fischfang bringe
doch nichts mehr ein, und er könne die Verarmungsängste des
Vaters nicht mehr mit ansehen. Bei den Deutschen könne er richtig
was verdienen und damit die Familie unterstützen.

»Papa, mach dir keine Sorgen wegen Erik. Er hat sicher nur eine
Stelle in der Stadt angenommen.«

»Was für eine Stelle? Und wieso hat er mir nichts davon erzählt?«

»Er will dich bestimmt überraschen.«

»Ich weiß wo er ist. Er ist zu den Deutschen gegangen. Er hängt
schon die ganze Zeit mit den Schweinen da herum.«

Inger schweigt.

»Du schweigst, also liege ich richtig. Dann soll er ruhig zu denen hingehen und ich scheiße auf seine Leiche!«

Inger schießen Tränen in die Augen.

Sie hat schon geahnt, dass ihr Bruder verschwinden würde. Schon beim Einmarsch der Deutschen hatte sie den Eindruck gehabt, dass er diese Menschen bewundert und dass sie in ihm bisher verborgene Sehnsüchte wachrufen. Mit seinen rötlich blonden Haaren, den hellen Augen, die, zwei klaren kalten Gebirgsseen gleich, immer die Farbe des Himmels angenommen hatten und einmal grünlich, einmal azurblau, dann wieder gelblich oder grau schimmerten, hatte Erik den Eindruck eines verträumten großen Kindes gemacht, das nie ganz im Hier und Jetzt, sondern irgendwo in einer Ferne weilte. Wenn er nicht mit dem Vater auf Fischfang war, kletterte er auf das Trockengerüst, um dort von Inger ausgenommene nur von ihrer Schwanzflosse zusammengehaltene Fische zum Trocknen aufzuhängen, oder er kümmerte sich um das Räuchern der Fische. Das ewige Räuchern hatte seinen Augen so zugesetzt, dass die Bindehäute ständig entzündlich gerötet waren. So waren die Ufer der beiden Gebirgsseen in seinem Gesicht blutgetränkt, was ihm etwas Jenseitiges und Unvorhersehbares gab. Und dieses Unvorhersehbare schien am gestrigen Tage eingetreten zu sein.

Die Verbitterung des Vaters und der Gram der Mutter erdrücken Inger fast. Um sich abzulenken, läuft sie in den graugelben Tag, zu der Wiese mit den Apfelbäumen. Die roten Lichter der Äpfel, die an den mit der graugrünen Patina der Flechten überzogenen grauviolett schimmernden Ästen aufgereiht sind, schwanken, angetrieben vom leichten meerwärts ziehenden Wind – winzige Leuchtbojen vor dem bleigrauen mit zarten lichtgelben Tupfen verzierten Horizont.

Inger verschwindet in dem kleinen windschiefen sich unter einem malachitgrünen Pelz aus Moos duckenden Holzschuppen und kommt mit einem Weidenkorb wieder hervor. Wie von selbst füllt sich ihr Korb mit den rot glänzenden prallen Äpfeln. Er ist so schwer, dass Inger ihn gegen ihren Unterleib drücken muss.

Just in dem Moment, als Inger sich auf den Rückweg machen will, sieht sie einen Fremden durch die Wiese auf sich zu kommen. Er hat nicht den kleinen Pfad gewählt, sondern geht quer durch das dichte hohe Gras. Er kommt nur mühsam voran, so, als würde er durch einen Fluss waten. Diese Uniform, dieses Gesicht, vor allem dieser Blick! Je näher er herankommt, desto schneller klopft Ingers Herz.

»Guten Tag, Fräulein! Wie schön, Sie wieder zu sehen!« Friedrich kommt endlich bis unter den Apfelbaum und grüßt Inger auf Norwegisch.

Sie kann diesen Mann, der ungefähr einen halben Kopf größer ist als sie, nur stumm anstarren.

»Ich kann mich nicht erinnern, dass wir uns schon mal begegnet sind«, erwidert Inger.

»So so, Sie können sich nicht an mich erinnern.« Friedrich grinst nur anerkennend.

Inger senkt den Kopf, um seinem Blick auszuweichen.

»Darf ich den Korb tragen?« fragt Friedrich.

»Danke, ich schaffe das alleine.«

»Wissen Sie«, sagt Friedrich betont ruhig. »Ich habe auf dem Sankt-Hans-Fest ein Bild von Ihnen gezeichnet. Wenn es Sie interessiert, kann ich es Ihnen zeigen.«

Inger beißt sich auf die Lippen. Der stechende Schmerz in den Armen macht es ihr unmöglich, einen sinnvollen Satz zu formulieren.

»Leider habe ich das Bild nicht dabei. Wenn Sie hier auf mich warten könnten, ich bin in zwanzig Minuten wieder da, mit dem Bild.«

Inger nickt und stellt ihre Last aufs Gras. Sie fühlt sich unbeschreiblich erleichtert!

Als würde er einem Befehl folgen, dreht Friedrich sich auf dem Absatz um und watet durch das Gras zurück Richtung Landstraße. Er hält sich ganz gerade, was seinem Gang etwas Geziertes und zugleich Diszipliniertes gibt. Ohne sich noch einmal umzusehen, steigt er in den Wagen, den er an der Straße abgestellt hat, und entfernt sich. Inger wartet, bis das Auto ihrer Sicht entschwunden ist, hebt den schweren Korb auf, und geht.

Als Friedrich zurückkommt, findet er Inger nicht mehr. Er setzt sich in die Wiese und versenkt sich in die drohenden Gesten der im leichten Wind schwankenden leergepflückten grauvioletten Äste.

»Was ist das nur für ein Wesen, das sich mir immer wieder entzieht, wie kriege ich es zu fassen?« fragt er sich selbst.

＊

F rühling 1942.

Erik ist bereits ein halbes Jahr weg, Leon fast ein ganzes. Beide haben nichts mehr von sich hören lassen. Die ganze Last des Fischfangs liegt nun auf Vater Kasper. Er hat in den letzten Monaten viel weniger Fisch gefangen, weil er niemanden mehr hat, der ihm beim Einholen der Netze zur Hand geht. Die Einkünfte haben sich erheblich verringert. Die Mahlzeiten sind nicht mehr so üppig wie früher. Butter und Fleisch kommen nur noch selten auf den Tisch.

»In Oslo werden die Lebensmittel schon rationiert. Zum Glück haben wir das Meer, das uns jeden Tag mit Fisch versorgt!« tröstet Vater Kasper Frau und Tochter. In seiner Niedergeschlagenheit könnte er selbst ein wenig Ermutigung gebrauchen.

Fast täglich geht Inger zum Strand, um ihre Sorgen und Fragen aufs Meer zu werfen. Doch das Meer schweigt.

»Wie lange habe ich dich schon gesucht!« denkt Friedrich, als er Inger den Strand entlang gehen sieht. Sie trägt ihr langes weißes Kleid, der Rocksaum streichelt sanft die vom Meer gerundeten Steine, die hier und da verstreut liegen. Sie hat sich dem Meer zugewandt, ihre bis zur Taille reichenden orangeroten Haare stehen wie ein Feuer im blauvioletten Himmel des späten Nachmittags.

Friedrich klappt seinen Zeichenblock zu, steckt den Zeichenstift in das kleine Lederfutteral, in dem er seine Zeichenutensilien aufzubewahren pflegt, und folgt Inger. Als er nur noch wenige Meter von ihr entfernt ist, hält er inne. Er spürt plötzlich die Unnahbarkeit dieser Frau. Einsam steht sie da, wie eine Marmorsäule, die einst die Last eines griechischen Tempels getragen und nach dem Ablauf von Jahrtausenden ihre ursprüngliche Funktion verloren hat: zeitlos, dem Meer zugewandt, den Menschen entrückt. Friedrich schaut ihr still in den Rücken und lauscht der Brandung des Meeres, die ihre Füße mit Schaumkronen bedeckt.

»Verfolgen Sie mich?« Die Marmorsäule dreht sich völlig unvermittelt um.

»Aber nein. Wie...kommen Sie denn...darauf?«

Inger mustert den Zeichenblock, den Friedrich sich unter den Arm geklemmt hat.

»Haben Sie das Bild dabei?«

»Aber ja. Natürlich.« Friedrich zieht das Blatt vorsichtig aus dem Zeichenblock heraus und reicht es Inger.

Es ist eine Tintenzeichnung. Friedrich hat den Augenblick beim Sankt-Hans-Fest festgehalten, in dem Inger sich ihm zuwendet und seinen Blick erwidert. Ihr Körper befindet sich noch in der Drehung, während ihr Gesicht sich schon frontal dem Betrachter öffnet. Ihre großen Augen strahlen staunend und fragend, ihr Mund leicht geöffnet, als blicke sie in diesem Moment nicht einen Mann an, sondern schaue schicksalstrunken in die Zukunft. Inger begreift nicht, wie der Urheber dieser Zeichnung mit nur wenigen Strichen ihren Augenausdruck so treffend, so lebendig darstellen konnte.

»Ich habe keine Ahnung von Kunst. Aber ich denke, Sie haben es gut gemacht.« Inger gibt Friedrich die Zeichnung zurück.

»Danke für Ihr Lob. Wenn Sie möchten, können Sie das Bild gerne behalten.«

»Aber dann haben Sie doch kein Bild mehr von mir!« Inger ist von sich selbst überrascht, dass sie es wagt, so mit dem Deutschen zu sprechen.

»Ich...ich habe...«, stottert Friedrich. »Ich habe ein Bild von Ihnen in meinem Kopf!«

»Gut, dann nehme ich die Zeichnung mit. Vielen Dank!«

»Soll ich sie noch signieren? Ich meine, ich bin kein großer Künstler, aber dann wissen Sie wenigstens, von wem das ist.«

»Ja, machen Sie es bitte.«

Friedrich signiert das Bild mit »Friedrich Lange«, rollt es ein, bindet es mit einem Stück Schnur zusammen und gibt es Inger zurück.

Inger ist im Begriff sich zu verabschieden, als Friedrich sie fragt: »Darf ich Sie ein Stück begleiten?«

»Nur bis zur Mole, bitte.« Weiter will Inger nicht mit ihm gehen. Dort fängt das Dorf an, und sie will nicht mit einem Deutschen zusammen gesehen werden.

Die zwei gehen langsam den Strand entlang in Richtung Mole.

»Darf ich...Ihren Namen auch erfahren?« fragt Friedrich.

»Ich heiße Inger, Inger Nerhus.«

»›Inger‹? So heißt auch die Schwester von Edvard Munch.«

»Wer ist Edvard Munch?«

»Er ist ein norwegischer Maler.«

»Ich kenne ihn leider nicht. Ist er bekannt?«

»Er ist sehr bekannt in Deutschland, weil er dort lange gelebt hat. Aber ob er in seinem Heimatland genauso bekannt ist, das weiß ich nicht.«

Schon sind die beiden nahe der Mole. Ein paar Fischerboote fahren gerade ein. Inger bleibt stehen.

»Wann darf ich Sie wiedersehen?« fragt Friedrich.

»Man läuft sich doch sowieso immer über den Weg. Auf Wiedersehen!« Inger geht, ohne Friedrich noch einmal anzusehen.

In der Nacht stellt Inger einen kleinen Kerzenständer aus grauem Steingut neben ihr Bett, steckt eine weiße Kerze hinein und zündet sie an. Sie legt sich aufs Bett, entrollt die Zeichnung, spannt sie mit den Händen über sich auf wie einen Baldachin, und betrachtet im Licht der Kerze ihr Bild. Das Weiß des Papiers ist jetzt ein warmes Gelb. Die leichte Meeresbrise, die durch das nicht dicht schließende Fenster sanft ins Zimmer weht, lässt die Flamme zittern und das flackernde Licht haucht ihrem Ebenbild Leben ein. In ihr eigenes Antlitz vertieft, fühlt sie sich dem Künstler unmittelbar verbunden, sie spürt geradezu seine Anwesenheit. In einem von ihm gewebten wärmenden Schleier geborgen, vergisst sie den kühlen Hauch des in ihr Zimmer greifenden Nachtwindes.

*

I nger geht Friedrich nicht mehr aus dem Kopf. In seiner arbeits-
freien Zeit setzt er sich ins Auto und fährt auf eine Erhebung
oberhalb des Fischerhäuschens. Wie ein Greifvogelbeobachter
liegt er dort auf der Lauer, um einen Blick auf Inger zu erhaschen.

Himmel und Meer füllen seinen Nachmittag aus. Die fernen Geräusche des Dorfes, das feine Reiben des Windes in den Blättern
und Ästen und das von dem aufgeregt rhythmischen Hämmern
seines Herzens herrührende an- und abschwellende Zischen in
seinem Ohr vereinigen sich zu einem unablässig wehklagenden
Seufzen. Die drei Menschen, die auf der vom weißen Lattenzaun
aus dem Gras geschnittenen Bühne wie zu groß geratene Kinder in
ihrem Laufstall unter dem niedrigen Horizont meist gebückt und
stumm ihrer Arbeit nachgehen, ahnen nichts von dem heimlichen
Beobachter.

Da ist der alte, etwas gebrechliche Vater Kasper. Sein Stolz ver-
bietet ihm, dass seine Frau bei den schweren Bottichen voller Fische mit anpackt. Und so hievt er sie manchmal mit letzter Kraft
auf die Holzpaletten. Denn nach einer Regel, die er sich selbst auf-
erlegt hat, dürfen sie nicht auf dem nackten Erdboden stehen.
Wenn Mutter Alma ihn zum Essen ruft, trottet er müde ins Haus.
Er erscheint meist erst wieder am Nachmittag und lädt Kübel voller Fischinnereien auf einen Holzkarren, den er gegen Abend ins
Meer schiebt, um sie dort zu leeren und auszuwaschen.

Sobald Inger in sein Blickfeld kommt, setzt Friedrich sein Fernglas an. Täglich nimmt sie Fische aus, alle drei, vier Tage bereitet
sie Fische fürs Räuchern vor. Sie hängt Wäsche zum Trocknen auf
und auch für das Wasser aus dem Ziehbrunnen ist sie zuständig.
Von Zeit zu Zeit klettert sie aufs Trockengestell, nimmt die ge-
trockneten Fische ab oder hängt frische Fische auf. Manchmal
scheint Inger ihre Arbeit zu unterbrechen, um Friedrich direkt in
die Augen zu schauen – so sieht er es jedenfalls durch sein Fernglas
–, aber sie ahnt nicht, dass sie ihn anblickt.

Jeden dritten Tag erscheint ein schlanker Mann in grüner Uniform. Friedrich erkennt in ihm gleich den Fischhändler, der auch die Kantine der Kaserne beliefert. Der Uniformträger weiß, dass er im Hause des Fischers nicht willkommen ist, und deshalb verschwindet er immer so schnell wie er gekommen ist. Ingers Vater begleitet ihn nur bis zur Türschwelle und schaut ihm nie nach.

Am Zahltag legt der Fischhändler plötzlich doppelt so viel Geld auf den Tisch wie gewöhnlich. Das ist fast so viel, wie früher Herr Goldstern bezahlt hat.

»Haben Sie sich verrechnet?« fragt der Vater verwundert.

»Nein, ich verrechne mich doch nicht!« grinst der Uniformierte.

»Aber wieso zahlen Sie plötzlich so viel? Oder wollen Sie, dass ich die doppelte Menge abgebe? Das schaffe ich aber nicht. Mein Sohn ist ja weg.«

»Nehmen Sie das einfach an. Aber bitte erzählen Sie es nicht den anderen Fischern.«

Inger sieht den Fischhändler fragend an. Der grinst geheimnisvoll zurück und verlässt das Haus.

Inger ahnt etwas. Sie stürzt ans Fenster und sieht, wie der Fischhändler Richtung Landstraße zu einem dort parkenden Wagen eilt und mit dem Fahrer ein paar Worte wechselt. Inger traut ihren Augen nicht, am Steuer des Wagens sitzt Friedrich! Nachdem der Fischhändler sich entfernt hat, läuft sie aus dem Haus. Sie möchte Friedrich zur Rede stellen, besinnt sich aber auf halbem Weg eines anderen und hastet Richtung Strand, um mit sich alleine zu sein. Aber Friedrich hat sie entdeckt. Er fährt ihr im Schritttempo nach. An der Mole muss er aussteigen und sie zu Fuß weiter verfolgen. Sie geht den Strand entlang, er dicht hinter ihr.

Unvermittelt dreht Inger sich um. »Haben Sie das veranlasst?«

»Was meinen Sie?« Friedrich ist ganz außer Atem.

»Sie wissen genau, was ich meine. Wir brauchen keine Almosen von Ihnen! Wir können uns selbst ernähren!«

»Wovon reden Sie denn?«

»Lügen Sie mir bitte nicht ins Gesicht. Ich hasse Lügner!«

»Sehen Sie, ich weiß, wie schlecht es mittlerweile den Menschen in Norwegen geht. Sie verdienen immer weniger Geld und haben immer weniger zu essen. Viele bringen das mit unserer Anwesenheit hier in Verbindung, wobei die Engländer mit ihrer Seeblockade doch die Hauptschuld daran tragen! Ich habe nur meinen Teil getan, um die norwegische Bevölkerung in dieser Notlage zu unterstützen.«

»Sie reden so schön von der norwegischen Bevölkerung, in Wirklichkeit sind Sie nur scharf auf mich!« Kaum, dass sie das gesagt hat, wird Inger rot.

Friedrich sieht sie verdutzt an, und stammelt in sich hinein: »Das gebe ich zu, Fräulein Nerhus, das gebe ich zu.«

»Aber warum? Du kennst mich doch überhaupt nicht!« Es ist Inger selbst aufgefallen, dass sie ihn plötzlich duzt, aber jetzt kann sie es nicht mehr zurücknehmen.

Friedrich atmet tief ein. »Du glaubst mir das sicher nicht, Inger, aber ich habe dich bereits gekannt, noch bevor ich dich zum ersten Mal gesehen habe. Vielleicht wird sich irgendwann die Gelegenheit ergeben, dir zu zeigen, woher ich dich ursprünglich kenne. Jedenfalls, wie du bei meiner Ankunft in Støldal vor dem weißen Haus gestanden hast, in deinem weißen Kleid, mit deinem langen roten Haar, das war für mich kein Kennenlernen, sondern ein Wiedersehen.«

In Inger steigt das Bild des Einmarschs der Deutschen auf und auch die Beklemmung von damals. »Nichts wird mehr so sein wie vordem«, hatte ihr Vater gesagt und er hatte Recht behalten. Inger senkt ihren Kopf, und ihr Blick bleibt auf dem Hakenkreuz an Friedrichs Uniform haften. Hatte Leon nicht von den Hakenkreuzlern gesprochen? Das ist ein Hakenkreuzler, ein Tier oder ein Mensch…?

»Es fällt dir sicher schwer, Inger, es fällt sicher den meisten Norwegern schwer, uns als normale Menschen zu sehen, in unserer Uniform.«

Inger blickt wieder hoch und begegnet Friedrichs hellgrünen Augen, ruhig und tief. Wenn das ein Tier ist, ist es ein gezähmtes Tier, denkt sie. Unwillkürlich legt sie ihre Finger auf sein Gesicht, sanft streichen ihre Fingerkuppen über seine Wangen, die Augenbrauen und Lider, gleiten seinen Nasenrücken entlang und kommen zur Oberlippe, Unterlippe über sein rundes Kinn zum festen Adamsapfel. Schließlich nimmt sie zärtlich sein Gesicht in ihre beiden Hände, um es ganz sacht hin und her zu wiegen.

Friedrich lässt Ingers anatomische Erkundungen geduldig über sich ergehen. Dann nimmt er sie in den Arm. Sie lässt ihren Kopf auf seine rechte Schulter fallen, während er mit den Fingern durch ihr orangerotes Haar fährt, das Haar, das ihm so oft in seinen Träumen und Sehnsüchten begegnet ist. Er spürt, wie sie ihre Brüste gegen seine Rippen drückt. Als sie ganz behutsam ihre weichen Lippen auf seinen Hals legt, geht seine Erregung in einem wohligen Geborgenheitsgefühl auf.

Unvermittelt löst Inger sich von ihm und folgt langsam der Wasserlinie. Sie hat ihre Schuhe ausgezogen und Friedrich beobachtet fasziniert, wie das Wasser ihren Fußabdruck füllt, wie das Meer sich der Spur bemächtigt, um sie schließlich ganz zu löschen, wie man selbst hier am Strand der Vergänglichkeit aller menschlichen Hinterlassenschaften begegnet.

Friedrich legt seine Hände von hinten auf Ingers Schultern und zieht sie nah zu sich heran. »Ich muss zurück in die Kaserne. Komm mich bitte morgen besuchen. Ich werde dich am Eingang abholen. Ich habe dir etwas zu zeigen.«

*

Als Inger am schmiedeeisernen Kasernentor ankommt, wartet Friedrich bereits auf sie. Das Tor gibt den Weg frei auf eine breite Straße, die geradewegs auf ein riesiges Holztor zuführt, durch das man auf das hinter dicken Mauern liegende eigentliche Kasernengelände gelangt. Von asphaltierten Straßen und gepflasterten Gehwegen durchzogen, liegt es da wie eine kleine Stadt. Grünflächen mit altem Baumbestand geben dem Grau in Grau etwas Farbe.

Auf ihrem Weg durch das Gelände werden sie von Soldaten und Offizieren mit erhobenem Arm gegrüßt. Einige von ihnen nicken Inger freundlich zu. Zwei Bedienstete kennt sie aus dem Dorf. Als Inger vorbeigeht, schauen sie verschämt zur Seite.

Friedrich erklärt ihr den Gebäudekomplex: die zwei großen Hallen, vor der bewaffnete Wachen stehen – das sind das Munitions- und das Verpflegungslager; die Reihen von Baracken – dort wohnen die Soldaten; in dem Wirtschaftsgebäude ist der Speisesaal, dort können wir später mal reingehen und deutsche Spezialitäten probieren; der zweigeschossige Klinkerbau ist das Stabsgebäude, im Obergeschoss befindet sich mein Büro.

Das Büro ist ein geräumiges Zimmer mit einem Balkon. Hinter dem großen Schreibtisch hängt an der Wand das Foto eines Manns mit schwarzem, eckigem Schnurrbart. Er schaut verbissen und entschlossen in die Ferne. Wahrscheinlich der sogenannte »Führer«, denkt Inger.

»Möchtest du Kaffee oder Tee?« fragt Friedrich.

»Ich trinke keinen Kaffee. Einen Tee bitte.«

Inger setzt sich auf das breite Sofa. Friedrich zögert, als überlege er, ob er sich an seinen Schreibtisch oder neben Inger setzen soll.

Als er schließlich neben ihr Platz nimmt, schlägt ihr das Herz bis zum Hals.

»Jetzt zeige ich dir mein Geheimeck.« Friedrich erhebt sich und öffnet eine Seitentür, die sie vorher gar nicht bemerkt hat. Sie steht auf und folgt ihm.

Es ist ein kleines Nebenzimmer. Auf einem an der Wand stehenden großen Tisch liegt ein Wirrwarr von Zeichenblättern und Malutensilien. Unter dem Fenster steht eine Staffelei mit einem Gemälde darauf. Inger tritt heran, um es in Augenschein zu nehmen:

Eine Frau im langen weißen Kleid kehrt dem Betrachter den Rücken zu. Sie blickt in einen tiefen blauen Fjord hinein, der auf beiden Seiten von hohen dunkelgrünen Bergen flankiert wird. Ihre orangeroten Haare fallen bis zur Hüfte herab, genauso wie Ingers Haar.

»Bin ich das?« fragt Inger sich.

»Das bist du, Inger«, sagt Friedrich.

»So gut kannst du malen«, staunt sie.

»Zuviel des Lobes! Ich bin eher ein guter Zeichner. Mit Farben kann ich nicht so gut umgehen. Zum Beispiel die Farbe deiner Haare, ich rätsle die ganze Zeit herum, wie ich diese Farbe hinbekommen kann.«

»Das stimmt. Die Haare der Frau in deinem Bild sind zu blond. So blond sind meine Haare nicht. Ich bin ein Rotschopf, sagt mein Vater immer.«

»Ich dachte zuerst, deine Haare könnte ich mit ›Tizianrot‹ malen. Das ist eine Farbe, die nach dem italienischen Maler Tizian benannt wurde. Der hat immer in dieser Farbe die Haare der Frauen gemalt. Für deine Haare ist sie aber wirklich zu gelb. Ich habe nur in Edvard Munchs Bildern genau dieses Rot deiner Haare gesehen. Wenn ich mich nicht täusche, heißt es ›Flammenrot‹. Leider ist es mir noch nicht gelungen, dieses Rot zu ermischen.«

Inger senkt den Kopf, von Kunst und von Künstlern weiß sie überhaupt nichts!

»Du brauchst dich nicht zu schämen, Inger. Wir Künstler machen Kunst, aber du bist die Kunst.«

Inger geht zu dem großen Tisch an der Wand und betrachtet die Zeichnungen. Sie sieht wieder sich selbst aus verschiedenen Perspektiven, aber auch Fjorde, Fischerhütten, Bauern und Bäuerinnen in traditioneller norwegischer Bunad-Tracht, sogar eine norwegische Stabkirche.

»Liebst du, ich meine, gefällt dir Norwegen so?« fragt sie.

»Außerordentlich! Weißt du was, ich komme aus der Großstadt Berlin. Dort herrscht der Mensch. Hier aber herrscht die Natur. Der Mensch ist eins mit der Natur und lässt sie in all ihrer Pracht der Farben und Vielfalt der Formen zur Geltung kommen. Das begeistert mich, das begeistert jeden Künstler.«

Inger schaut Friedrich zweifelnd an. Sie kann seine soldatische Erscheinung nicht mit seinen Worten verbinden, kann die Widersprüchlichkeit dieser Person nicht begreifen.

»Ich weiß, was du denkst, Inger. Du fragst bestimmt, warum ich als Künstler in der Armee bin.«

Inger nickt.

»Aus Überzeugung bin ich ins Militär eingetreten und ich habe das bis heute auch nicht bereut. Als Soldat bin ich nach Norwegen gekommen und habe dich in der norwegischen Landschaft gefunden. Bis dahin war ich Porträtmaler von Beruf und Soldat aus Überzeugung, heute bin ich Soldat von Beruf und Künstler aus Überzeugung. Erst die Begegnung mit dir hat mich wirklich zum Künstler gemacht.«

Inger weiß nicht, was sie dazu sagen soll.

»Ich habe eine Bitte, Inger. Ich hoffe, das ist keine Zumutung. Könntest du mir eine Strähne von deinem Haar schenken? Das hilft mir bei meinem Farbexperiment. Dann weiß ich, ob ich das Flammenrot richtig ermischt habe.«

Inger greift sich eine Schere vom Ateliertisch, schneidet damit eine Strähne ihrer Haare ab und bindet sie mit einem aus ihrem Kleid gezogenen losen Faden zusammen.

»Ich werde sie für immer aufbewahren!« versichert Friedrich.

Minutenlang starren beide einander an und suchen ihre Erregung und Aufgewühltheit zu verbergen. Schließlich nimmt er sie in die Arme, presst ihren Körper fest an seinen und küsst sie auf den Mund. Sein Speichel schmeckt salzig wie Meerwasser, seine Brust hebt und senkt sich unter seinem heftigen Atem, so dass Inger sich wie auf einem Schiff getragen fühlt.

Plötzlich löst sich Friedrich von Inger und legt seine Hände auf ihre Schultern. »In einer Woche gibt es eine große Kunstausstellung in Oslo. Man hat mich eingeladen. Würdest du mich begleiten?«

»Aber ich, ich war noch nie auf einer Kunstausstellung. Ich wüsste gar nicht, wie ich mich da verhalten soll. Außerdem, ich habe gar kein passendes Kostüm.«

»Mach dir keine Sorgen. Sei einfach du. Das mit dem Kostüm werden wir schon hinkriegen.«

*

Der Chauffeur öffnet die Tür der schwarzen Mercedes-Limousine. Inger und Friedrich setzen sich auf die Rücksitze. Schweigend genießen sie den herrlichen Blick auf den Oslofjord, dann wieder starren sie auf den Hinterkopf des Fahrers und folgen im Rückspiegel den Windungen der Straße. Steif sitzen sie nebeneinander.

Nach einstündiger Fahrt kommen sie in Oslo an. Das Auto hält vor einer Boutique namens »Berliner Mode«. Eine elegante ältere sehr schlanke Dame im schwarzen Kostüm tritt aus der Glastür. Die schwarz konturierten kaltblauen Augen stechen scharf unter ihrer blonden Pagenfrisur hervor. Ihre schwarzen spitzen Pumps machen die Beine noch schlanker als sie ohnehin schon sind.

»Für diese Schuhe bräuchte man in Deutschland einen Waffenschein«, flüstert Friedrich Inger ins Ohr.

Die Dame in Schwarz begutachtet Friedrichs Militäruniform und begrüßt sie auf Deutsch: »Was kann ich für Sie tun, werte Dame, werter Herr?«

»Wenn Sie ein passendes Abendkleid für die junge Dame aussuchen könnten, wäre ich Ihnen sehr dankbar«, antwortet Friedrich.

Die Geschäftsinhaberin mustert Inger freundlich lächelnd: »Zu so einem schönen Wesen passt doch alles. Bevorzugt sie eine bestimmte Farbe?«

Friedrich übersetzt für Inger. Sie schüttelt den Kopf.

»Dann gehen Sie ganz nach Ihrem Geschmack vor und schauen Sie nicht auf den Preis«, meint Friedrich.

Die Boutiqueinhaberin verschwindet in einem Hinterzimmer und erscheint kurz darauf mit einem langen, eng geschnittenen Samtkleid.

»Wir müssen kurz verschwinden.« Sie führt Inger in die Um-kleidekabine und hilft ihr beim Anziehen.

Als Inger aus der Kabine kommt, glänzen Friedrichs Augen.

Inger schaut in den Spiegel. Erst jetzt wird ihr bewusst, wie ge-schmackvoll das Kleid ist. Es liegt wie angegossen auf ihren Schul-tern, fällt sanft über die Brüste, unter denen es sich ganz natürlich schürzt, um dann nach Betonung der schmalen Taille über die Hüf-te in weichem Faltenschlag auf dem Boden zu enden. Sein dezentes Altweiß verleiht Inger eine zurückhaltende Eleganz.

»Gefällt es dir?« fragt Friedrich.

»Warten Sie mal, ich bin noch nicht fertig!« Die Dame legt einen Pelz über Ingers Schultern. »Es ist doch kühl draußen.«

»Was noch fehlt, ist ein bisschen Schmuck, oder?« fragt Fried-rich.

»Sie sind ja wirklich ein einfühlsamer Herr!« Die Dame, voller Vorfreude über das unerwartet große Geschäft, fächert eine Schmuckschatulle auf.

Friedrich wählt eine Halskette und ein Paar Ohrringe, beide mit ultramarinblauen Steinen, und legt sie Inger um. »Blau passt am besten zu deinem flammenroten Haar, meine ich. In der Kunst nennt man das Komplementärfarben, sie ergänzen einander am besten.«

»Braucht das Fräulein nicht auch ein paar passende Schuhe?« fragt die Dame in Schwarz auf Norwegisch.

»Schuhe haben wir wirklich genug, ich ziehe die Hochzeits-schuhe meiner Mutter an, die passen sehr gut zu meinem Kleid«, verneint Inger.

»So bist du die Königin, wohin du auch gehst!« lobt die Bou-tiquebesitzerin.

*

Die Osloer Nationalgalerie ist ein prächtiger langgestreckter Backsteinbau mit zwei Stockwerken. Zu beiden Seiten des Eingangsportals hängt je eine lange rote Fahne, die in ihrem Zentrum einen weißen Kreis mit schwarzem Hakenkreuz trägt. Boden und Wände der Eingangshalle sind ganz in hellem Marmor, die Decke in Holz gehalten. Neben der Tür rechts vom Eingang hängt auf einem vierfüßigen Metallständer das Plakat mit der Aufschrift:

Kunst und Antikunst

Durch diese Tür kommt man in den sich über die halbe Länge des Gebäudes erstreckenden Ausstellungssaal voller Gemälde und Skulpturen.

Hunderte von Menschen sind bereits in dem Saal versammelt. Aller Blicke richten sich auf Friedrichs elegante Begleiterin. Mit ihrer natürlichen Art sticht sie unter all den geschminkten und geschmückten Damen der feinen Gesellschaft heraus. In ihrer unbekümmerten Jugendlichkeit weht sie wie ein frischer Frühlingswind durch die Ausstellung.

»Friedrich! Wie schön, dich zu sehen! Was für eine bezaubernde Mademoiselle hast du denn dabei! Aber ich muss jetzt zum Rednerpult. Ich komme nachher noch zu dir.« Ein älterer deutscher Offizier begrüßt Friedrich. Auf seinen beiden Kragenspiegeln stehen je drei Eichenblätter.

»Ich habe früher ein Porträt von ihm gemalt. Daher kennen wir uns«, flüstert Friedrich Inger ins Ohr.

Der Offizier bittet alle, Platz zu nehmen und beginnt seine Rede. Ein junger, schmächtiger Norweger übersetzt aus einem Manuskript.

»Meine sehr geehrten Damen und Herren!« Schon bei seinen ersten Worten schreit der Offizier so laut, dass ihm der Hals schmerzen muss. »Was wollen wir mit der Ausstellung ›Kunst und Antikunst‹? Es dürfte Ihnen allein schon durch die Präsentation einleuchten, dass es uns hier um einen Kampf geht, einen Kampf nicht nur gegen die Entartung der Kunst, sondern vielmehr gegen die Entartung des Menschen!

Sehen Sie auf die linke Seite dieses Saales. Ja, ist denn die Welt ein Bordell? Setzt sich die Menschheit nur aus Dirnen und Zuhältern zusammen? Es ist eine bodenlose Frechheit, uns Werke vorzusetzen, die auch ein Steinzeitmensch hätte verfertigen können! Nehmen wir als Beispiel einmal ihren Landsmann Edvard Munch, dessen Machwerke sie sicherlich unschwer erkennen können. Unter bewusster Missachtung aller handwerklichen Grundlagen der Malerei sucht er das natürliche Form- und Farbempfinden zu zersetzen und führt uns in ein wahres Schauerkabinett missgestalteter Körper und Affengesichter! Diese abscheulichen Farbklecksereien kann man nur noch als Ausgeburten eines kranken Hirns bezeichnen!…«

Als der Name »Edvard Munch« fällt, wendet Inger den Blick Friedrich zu. Der bleibt regungslos.

»Aber ist diese ganze Schweinerei wirklich nur auf Geistesschwäche oder auf technische Inkompetenz zurückzuführen? Nein! Diese selbsternannten modernen Künstler und die sie stützende jüdische Presse haben vielmehr ein perfides politisches Programm. Und zwar das Programm der Abtötung der letzten Reste jedes Rassebewusstseins! Indem sie das Bild eines Negers, eines Barbaren, und schlimmer noch eines Idioten, eines Paralytikers propagieren, wollen sie den Untergang des Nordischen Menschen gewissermaßen durch die Hintertür herbeiführen!

Gegen diese bodenlos böse Absicht müssen wir kämpfen, indem wir Kunstwerken, die die Schönheit und Würde des Nordischen Menschen feiern, wie sie auf der rechten Seite des Saals gezeigt werden, wieder den ihnen gebührenden Stellenwert zusprechen. Niemals war der Mensch in Empfinden und Aussehen der Antike näher als heute. Hier setzen die hinter unserer Bewegung stehenden Künstler an. Nur ihre Kunst trifft auf die ungeteilte Zustimmung der gesunden breiten Masse des Volkes, und darauf kommt es schließlich an.

Und was ich, da wir hier in Norwegen sind, besonders betonen möchte: Kunst ist immer die Schöpfung eines bestimmten Blutes, und das formgebundene Wesen einer Kunst wird nur von Geschöpfen des gleichen Blutes verstanden. Und damit meine ich uns, die Norweger und die Germanen, wir sind gemeinsame Erben des Nordischen Blutes!«

»Bravo!«, »Sehr richtig!«, »Ein Hoch auf das Nordische Blut!« Einige Offiziere sind aufgestanden und schreien laut in den Saal.

Eine Woge der Begeisterung erfasst die Anwesenden, die sich jetzt alle erhoben haben und mit erhobenem rechtem Arm den Führer hochleben lassen: »Sieg Heil, Sieg Heil, Sieg Heil...« Eine Gruppe norwegischer Gäste hat inzwischen das Lied »Hakenkreuz am Stahlhelm« angestimmt:

Kamerad reich mir die Hände

Fest woll´n zusammen wir stehn

Mag man uns auch bekämpfen

Der Geist soll nicht untergehn.

Hakenkreuz am Stahlhelm

Blutig-rotes Band

Sturmabteilung Hitler

Werden wir genannt...

Aus Hunderten nordischer Kehlen bricht dieses Lied hervor, so dass die gesamte Nationalgalerie unter einem Taumel nationaler Begeisterung bebt.

Der rauschende Lärm ebbt ab, die Besucher zerstreuen sich, suchen ihre Gesellschaften aus und lassen sich Getränke vom Servicepersonal bringen. Der Redner kommt wie versprochen direkt auf Friedrich zu und schleppt ihn zu einer privaten Besprechung in eine Ecke. Inger steht und wartet. Friedrich wirft ihr immer wieder einen etwas betreten wirkenden Blick zu. Angenehm scheint ihm der Inhalt des Gesprächs nicht zu sein.

Inger bummelt über die Ausstellung und steht zwischen zwei Welten. An der rechten Wand hängt die »echte«, die nationale deutsche Kunst: ernst, steif, heroisch. Im Mittelpunkt der Gemälde steht der naturnahe Germane: Jäger, Fischer, Holzfäller und Handwerker bei ihrem Tagwerk. Eine Gruppe Bauern hat sich zum einfachen Mittagsmahl auf dem Acker versammelt, dabei auch Mütter mit ihren Kindern.

»Die Mutter als Hüterin des Lebens und Garantin der geistigen und völkischen Neugeburt des deutschen Volkes« steht unter dem Gemälde.

Eine Reihe von Bildern zeigt der griechischen Klassik nachempfundene Kämpfer in Siegerpose. Sie stehen idealtypisch für die Überlegenheit und den Siegeswillen der Arier. Die blauen Augen in den hartgeschnittenen Gesichtern der in Untersicht dargestellten muskulösen Soldaten sind unerbittlich auf den Beschauer gerichtet.

Über einem Triptychon mit dem Titel »Die letzte Handgranate«, das einen Wehrmachtssoldaten bei der Entnahme seiner letzten Handgranate aus einer Holzkiste, den Wurf und schließlich den Einschlag der Handgranate zeigt, hängt eine Art Gedenktafel in Tiegelstahlguss mit der Inschrift: »Das Soldatische ist die wesentliche die Volksgemeinschaft tragende Kraft«. Darunter ein kleines Papierschild mit der norwegischen Übersetzung.

Hier wird der Mensch in idealer Bestform vorgeführt, wie er sein soll, nicht wie er ist. Die in großer Anzahl dargestellten Idealmenschen erwecken in ihrer Eintönigkeit nach längerer Betrachtung Abscheu.

An der linken Wand dagegen die bunte Welt wirklicher Menschen, die Welt der Kaschemmen und Freudenmädchen, die Welt der menschlichen Schwächen, der Liebe und der Lebenslust, aber auch die Welt des großstädtischen Elends, der Verderbtheit, Hoffnungslosigkeit und des Lebensüberdrusses. Das menschliche Individuum mit all seinen Kanten und Ecken steht hier im Mittelpunkt. Die Bilder sprühen vor Lebendigkeit und der Betrachter kann sich ihnen nur schwer entziehen.

Inger fällt besonders das Bild eines sich küssenden Paares ins Auge. Die beiden küssen sich so innig, dass ihre Gesichter miteinander zu einem einzigen verschmolzen sind. Augen, Mund und Nase sind verschwunden. Wie ein Stück rohes Fleisch verbindet der Gesichtsklumpen die beiden Küssenden. Die amorphe Form widert an, aber so empfindet man ja wirklich beim Küssen, man fühlt sich ja wirklich »aufgesogen« vom anderen. Inger sehnt sich in diesem Augenblick danach, auch so von Friedrich verschlungen zu werden.

»›Der Kuss‹ aus dem Bildzyklus ›Der Lebensfries‹ von Edvard Munch« steht auf dem Schild, das unter dem Gemälde befestigt ist.

Vor dem nächsten Bild bleibt Inger wie vom Donner gerührt stehen. Die unbekleidete junge Frau in der Bildmitte, die dem Betrachter lüstern entgegenblickt, hat genau ihr flammenrotes Haar! Links von ihr ein Mädchen in Weiß, das dem Meer zugewandt ist, rechts eine Greisin in Schwarz, den Kopf gesenkt.

»Die drei Stadien einer Frau: Von der träumenden Frau über die sinnliche Frau zur Frau als Nonne«, erklärt ein Schild. Dieses Gemälde entstammt ebenfalls dem »Lebensfries« von Edvard Munch.

»Entschuldigung, dass ich dich so lange alleine ließ. Mein Kollege war wirklich sehr gesprächig.« Friedrich ist zurückgekommen.

»Ist das der Maler, von dem du so oft gesprochen hast?« fragt Inger.

»Genau!« antwortet Friedrich erfreut. »In seinen Bildern habe ich dich zum ersten Mal gesehen und ich hätte mir niemals träumen lassen, dass ich dir einmal in der Wirklichkeit begegne.«

»Und du kennst seine Bilder schon aus Deutschland?«

»Ja, von Kindesbeinen an. Mein Vater war ein großer Verehrer von Munch. Er hat ihn geliebt, war regelrecht vernarrt in ihn.«

»Nicht aber dein Kollege. Der hat den Herrn Munch ja regelrecht vernichtet.«

»Nein.« Friedrich wendet sich dem »Lebensfries« zu und wirkt für einen Moment gedankenverloren. Dann sagt er: »Edvard Munch ist ein Künstler, der immer nur für sich gemalt hat. Er hat niemals den Erwartungen der anderen entsprechen, sondern nur sein Inneres ausdrücken wollen. Für Leute, die noch nie in dieser Art in sich hineingeschaut haben, sind seine Bilder natürlich schwer verständlich.«

Auserwählte Gäste werden in den Festsaal gebeten. Der lange Tisch ist bereits mit erlesenem Porzellan, Silberbesteck und im Licht der Kronleuchter glitzernden feingeschliffenen Kristallgläsern gedeckt. Auf jedem Teller steht eine schneeweiße Leinenserviette, steif wie das geblähte Segel eines rasch über die See eilenden Bootes. Bunte Gebinde von Herbstblumen schmücken den Tisch.

Friedrich und Inger nehmen an der Mitte des Tisches Platz. Um sie herum sitzen nur deutsche Offiziere in weiblicher Begleitung. Inger versteht nichts von dem ausländischen Geplapper. Sie isst still ihren Heilbutt in Kräutersauce und beobachtet heimlich Friedrich.

Er sitzt vollkommen aufrecht, zerlegt chirurgisch präzise sein Fischfilet und hat im Übrigen eine Ordnung auf dem Teller, die Inger erschrickt. Augenscheinlich ist er den Anwesenden ein angenehmer, willkommener Gesprächspartner. Obgleich etwas distinguiert, wirkt sein Verhalten doch verbindlich. Von Zeit zu Zeit stoßen andere Offiziere mit ihm an und lassen den Führer hochleben. Im Geklirr der Gläser, dem endlosen Gewebe der Gesprächsfetzen und dem durch den Qualm der Zigaretten getrübten Licht schwebt Inger wie in einem Ozean. Und wenn Friedrich das ihr fremde Wort ergreift, wird er zum Segler, der in der Abenddämmerung hinaus aufs Meer fährt und allmählich in der Dunkelheit der Nacht entschwindet. Doch sie weiß, dass er zu ihr zurückkehren wird, wie jeder Seemann zu seinem Hafen.

*

Als das Festmahl zu Ende geht, ist es bereits kurz vor Mitternacht. Inger und Friedrich stehen vor dem Eingangsportal der Nationalgalerie, wo leicht angesäuselte Paare untergehakt in ihre Autos steigen.

»Ich bin dir wirklich dankbar, Inger, dass du das Ganze ausgehalten hast. Jetzt sieht es so aus, als müssten wir im Hotel übernachten«, sagt Friedrich angespannt.

Die beiden fahren schweigend zum Grand Hotel – dem berühmtesten Hotel Oslos. Ingers Herz trommelt.

»Ich kann zwei Zimmer...«, sagt Friedrich, nachdem er den Chauffeur weggeschickt hat.

»Ich will bei dir bleiben«, unterbricht Inger.

Es ist ein geräumiges, blutrot tapeziertes Zimmer. Mittelpunkt bildet ein schwarzbraunes hölzernes Himmelbett. Barock gewundene Ecksäulen tragen einen luftig leichten zartrosa gesäumten weiß gesprenkelten königsblauen Tüllhimmel. Die Bettwäsche leuchtet in tiefem Blau. Die nur angelehnte Tür zum Badezimmer gibt den Blick auf ein rosafarbenes Marmorbad frei.

Inger lässt sich sogleich aufs Bett fallen. Friedrich bleibt eine Zeit lang in der Tür stehen, studiert andächtig die Zimmereinrichtung, nimmt schließlich auf dem schweren rotbraun bezogenen Ohrensessel vor dem zugezogenen lachsblutfarbenen bis zum Boden reichenden schweren Samtvorhang Platz.

Endlos lange überbrücken sie mit ihren Blicken die Distanz zwischen Bett und Sessel. Dann steht Inger auf und geht ins Badezimmer. Sie betrachtet sich in dem mannshohen Kristallspiegel, hebt mit den Händen ihren Busen an, führt sie über Bauch, Taille und Hüfte bis zu den Pobacken, wendet sich grazil um, dreht ihren

Kopf über die Schulter nach hinten, und ihre Augen gleiten von oben nach unten die schlanke Körperlinie entlang.

Sie holt tief Atem und tritt wieder ins Zimmer. Friedrich hält gerade eine Karaffe in der Hand und gießt sich ein Glas Wasser ein. Er scheint leicht zu zittern.

»Kannst du mir helfen? Die Knöpfe meines Kleides sind hinten am Rücken. Ich komme nicht an sie heran«, fragt Inger kühl und sachlich.

Friedrich sieht Inger wortlos an. Sein Glas hält er nun mit beiden Händen fest, als habe er Angst, dass es ihm aus der Hand gleiten könnte.

Dann steht er auf und geht langsam auf Inger zu. Statt die Knöpfe zu öffnen, streicht er ihr zärtlich über die Wange.

Inger nimmt seine Hand und führt ihn ins Badezimmer. »Mach es vor dem Spiegel bitte.«

Friedrich beginnt, die Knöpfe des Kleides zu öffnen. Sachte dreht er Knopf auf Knopf aus den Knopflöchern, bis Ingers Rücken entblößt ist. Dann löst er die Haken und Ösen ihres Büstenhalters. Inger beugt sich nach vorn, zieht ihre Arme aus den Ärmeln, so dass das Kleid bis auf die Hüfte hinuntergleitet.

Inger wendet sich um und beginnt, Friedrich zu entkleiden. Sanft wie eine Fee hebt sie die Uniformjacke von seinen Schultern, dann öffnet sie das Hemd und streift es nach hinten ab. Friedrich rührt sich nicht, er schaut nur auf ihre feinen Hände, staunt, mit welcher Gelassenheit sie an ihm arbeiten, und gibt sich dem Entkleidungsritual willenlos hin.

Inger betrachtet fasziniert den ihr bisher nur aus Umarmungen bekannten Oberkörper. Ihr Blick tastet langsam die Schlüsselbeine, die Brust und den Bauch ab. Flüsternd zählt sie seine Muskeln durch. Fast unmerklich zählt Friedrich mit.

»Elf«, haucht er.

»Zwölf«, flüstert sie.

Sie hat ihre vibrierenden Lippen auf seinen Hals gelegt. Sie spürt das Beben in seinem Körper, sein heißer feuchter Atem schlägt sich in ihrem Haar nieder.

»Zwöhöhölf« keucht es erregt aus ihm heraus, während er sie behutsam mit beiden Armen vom Boden hebt und sie aufs Bett legt.

Er zieht ihr das Kleid vom Körper und legt sich zwischen ihre Beine.

»Friedrich!« stöhnt sie auf. »Friedrich...«

Ihre Lippen formen ein Oval, durch das sie in schnellem Wechsel kühle Luft einzieht und sie als unartikuliertes Stöhnen wieder abgibt. In der Tiefe ihres Körpers spürt sie Friedrich. Sie schließt ihre Augen, um ganz in der Vision zu versinken, Friedrich nicht nur in sich aufzunehmen, sondern ihn zu verschlingen und zu einem Teil ihrer selbst zu machen. Ihre flammenroten Haare umfangen Gesicht und Schultern wie eine im tiefen Blau des Bettzeugs glühende Aureole.

Friedrich wirft sich in diese Aureole hinein, spürt, wie die feurige Hitze ihn ergreift, von seiner Haut in sein Fleisch, in seine Knochen und Eingeweide eindringt. Er fühlt sich wie ein zum Tode verurteilter Sünder auf dem Scheiterhaufen.

Friedrich ist schweißgebadet, seine Augen schwimmen in Tränen, als es zu Ende ist. Erst jetzt spürt er den brennenden Schmerz an Hals und Nacken und bemerkt sein braunes Blut auf dem blauen Bettzeug.

»Komm, lass uns schlafen.« Inger wischt ihm die Stirn und die Augen trocken.

*

Am Nachmittag des nächsten Tages holt der Chauffeur das Paar vor dem Grand Hotel ab.

Als sie durch eine Einkaufsstraße der Osloer Innenstadt fahren, fallen Inger einige mit Ketten verriegelte Geschäfte auf. Auf den Ladenfenstern stehen in krakeliger Schrift die Sätze: »Juden sind Parasiten! Nur für Arier!«

Inger muss an Herrn Goldstern denken.

»Was sollen diese Sätze?«

Friedrich schweigt.

»Ich frage, weil Herr Goldstern, unser früherer Fischeinkäufer, spurlos verschwunden ist. Er ist Jude und hat in Oslo gewohnt. Weißt du vielleicht, wo er jetzt sein könnte?«

»Darüber will ich nicht sprechen.« So schroff war Friedrich noch nie. Hat er die Zärtlichkeiten der letzten Nacht schon vergessen?

Inger macht sich keine Gedanken mehr darüber.

Nach dem Erlebnis im Grand Hotel treffen sich Friedrich und Inger so oft sie können. Kaum ist ein Rendezvous vorüber, fiebern sie schon ungeduldig dem nächsten entgegen. Der schnöde Alltag ist in den Hintergrund getreten, die Außenwelt spielt nur noch insofern eine Rolle, als sie als Kulisse der Liebe dienen kann. Der von den Einheimischen gemiedene erstarrte Winterwald entfacht in ihnen das Feuer der Ekstase, das den Schnee zum Schmelzen bringt. Im Frühling verwandelt sich das dichte hohe Gras der Wiese in eine weiche Daunendecke, die ihre nackten Körper vor den Blicken Neugieriger schützt. In der Hitze des Sommers fliehen sie ins Meer und lieben sich in den Fluten. Die wandernden Wellen sind ihr Gefährt, das sie durch das ihre Erregung steigernde Wechselbad der Strömungen zu den Ufern der Tannenwälder bringt.

Der weiche Tannenwaldboden wird Ihnen zum knotenreichen fliegenden Teppich, der sie weit über Fjord und Berg ins Reich der fremden Blicken entzogenen freien Liebe trägt. Friedrichs Kasernenatelier ist ihr Schloss und der sich mit ihren Ausdünstungen mischende Geruch der Ölfarben ist ihr Aphrodisiakum, das sie alle Sorgen vergessen lässt. Und wenn Ingers Eltern weg sind, ist Ihnen Ingers kärgliches Zuhause eine Höhle, die die missbilligenden Blicke der Außenwelt fernhält.

Den beiden Liebenden gelingt es, ihre Beziehung geheim zu halten und so ist Inger auch nicht dem Spott der Nachbarn und Freunde ausgesetzt, die Liebesverhältnisse zwischen Norwegerinnen und deutschen Besatzern nicht gerne sehen. Aber mit der Zeit wird Friedrich diese Heimlichtuerei, diese verbotene Liebe, fast zuviel. Liebe ist doch kein Verbrechen. Friedrich ertappt sich immer öfter dabei, wie er sich nach dem moralisch verkommenen Berlin, der Stadt, die er früher so verabscheut hat, zurücksehnt. Dort könnten sie ihre Liebe frei und ungehemmt leben.

»Könntest du dir vorstellen, in Berlin zu leben?« fragt Friedrich eines Tages, als das Paar nach dem Liebesspiel eng umschlungen auf dem Waldboden liegt.

»Was soll ich in Berlin?« fragt Inger.

Friedrich grinst verstohlen. »Das sage ich dir noch nicht. Ich wollte erst mal nur wissen, ob du dir das Leben in einer Großstadt vorstellen kannst.«

»Erzähl mir bitte etwas über Berlin. Ich habe gar keine Vorstellung davon«, antwortet Inger reserviert.

»Na ja, eine Stadt voller Menschen und Verkehr eben. Manchmal sind die Straßen so voller Autos, Pferdekutschen, Busse und Straßenbahnen, dass du gar nicht mehr auf die andere Seite gelangen kannst. Die Häuser stehen dermaßen dicht beieinander, dass kaum ein Baum dazwischen passt. An vielen Stellen siehst du sogar den Himmel nicht mehr.«

»Ich glaube, du willst mich nur abschrecken.«

Friedrich gluckst. »Das ist noch nicht alles! Das Schlimmste ist die deutsche Sprache, eine der schwierigsten Sprachen der Welt. Würdest du sie für mich lernen?«

»Wozu soll ich sie lernen? Du sprichst doch so gut Norwegisch.«

»Weil ich dich nach Berlin mitnehmen will, Inger! Ich will dich heiraten, ich will mit dir zusammenleben, zufrieden und stolz zusammenleben, mich nicht immer in diesen Wäldern, vor deiner Familie, deinen Landsleuten verstecken müssen. Ich will, dass du von mir schwanger wirst, mir ein Kind, oder so viele du möchtest, schenkst! Das willst du doch auch, oder?« Friedrich rückt noch näher an Inger heran und schaut sie fordernd an.

Ingers Wangen glühen. »Willst du lieber ein Mädchen oder einen Jungen?«

»Das ist egal. Am liebsten hätte ich einen Jungen und ein Mädchen. Dann wäre das Glück für mich vollkommen!«

Die beiden liegen Seite an Seite unter den hohen Tannen auf dem weichen Waldboden, schauen durch das Gitter der Zweige in die zerrissenen Wolken und malen sich ihre Zukunft in Berlin aus.

»Du fragst bestimmt, wieso ich dich nicht schon jetzt heirate. Das liegt nur daran, dass wir noch Krieg haben. Solange es so ist, wird Heiratsgesuchen zwischen deutschen Militärangehörigen und ausländischen Frauen von den Reichsbehörden nicht stattgegeben. Nach dem Krieg ist das Allererste, was ich mache, dich zu heiraten!«

»Aber ich merke gar nichts vom Krieg.«

»In Norwegen ist es noch friedlich, wobei es inzwischen auch schon mehrere Zwischenfälle gab. Ja, das sind die Partisanen, die sich mit den Engländern verbünden und uns Deutsche verjagen wollen. Aber im Vergleich zur Front leben wir hier wirklich in einer Enklave des Friedens. Ich bin froh, dass ich hier bin, bei dir.«

Inger denkt an Leon, dann an Erik, und es versetzt ihrem Herzen einen Stich. »Der Krieg wird bestimmt bald vorbei sein. Er bringt doch niemandem was!«

Friedrich wird nachdenklich. »Die Frage ist nur, wer siegt, wer verliert.«

»Könntest du mir sagen, ob du schon einmal einen Menschen getötet hast? Du bist doch schon so lange in der Armee.«

»Nein. Meine Aufgaben haben glücklicherweise mit Töten nichts zu tun. Ich kümmere mich bis jetzt nur um die Versorgung unserer Truppen. Aber als Militär muss man jederzeit bereit sein, für das Vaterland zu töten.«

»Wenn es wirklich dazu kommt, dass dein Vaterland das von dir verlangt, würdest du auch wirklich töten?«

»Diese Frage kann ich jetzt so abstrakt nicht beantworten.«

Inger stützt sich mit den Ellenbogen auf, so dass ihr Gesicht ihm ganz nah kommt, und flüstert beschwörend: »Du wirst nicht töten. Das weiß ich ganz genau. Ein Mensch, der liebt, tötet nicht!« Sie verschließt seinen Mund mit ihren Lippen.

Friedrich zieht Inger so nah an sich heran, dass er ihren Herzschlag an seiner Brust spürt. Ihr Atem schlägt sich in seinem Gesicht nieder und er spürt, dass das nicht mehr der Leib seiner Geliebten, sondern der Leib der Mutter seiner Kinder ist.

Einige Tage später bekommt Ingers Familie zum ersten Mal nach anderthalb Jahren Post von Erik: »Ich bin in Oslo. Mir geht es gut. Ich habe dem Brief 100 Kronen beigelegt.«

Obwohl es ihr nicht gefällt, ist Inger froh, dass er noch im friedlichen Norwegen ist.

*

Im Liebestaumel, in erwartungsfroher Hoffnung auf eine glückliche Zukunft, fliegt das Jahr 1943 vorüber. Inger bemerkt nicht, wie der Frühling in den Sommer, der Sommer in den Herbst, der Herbst in den Winter übergeht. Das Jahr ist bis zum Rande gefüllt mit Zärtlichkeit und Leidenschaft. Doch wie flüchtig ist der Augenblick der Liebe, im Dezember ist das ganze Jahr wie ein zu Ende gelesenes Buch weggeblättert, für immer vorbei, die schönen Momente lassen sich nicht mehr zurückholen. Je intensiver das Glück, desto kürzer seine Dauer.

Ende 1943, zwei Tage nach Weihnachten. Als Inger wie verabredet in die Kaserne kommt, findet sie Friedrich traurig und zusammengesunken im Sessel sitzend.

»Geht's dir schlecht?« fragt Inger besorgt.

»Inger, hör zu. Ich muss dir was mitteilen, aber ich weiß nicht, ob du das verkraften kannst.«

»Musst du...fort?«

»Ich werde in vierzehn Tagen nach Polen versetzt.«

Ingers Knie werden weich. Sie wirft sich aufs Sofa.

»Herrscht dort Krieg?«

»Nein, noch nicht.«

»Was sollst du dort machen?«

»Mich um die Nachschubtransporte kümmern, genau wie hier.«

»Musst du auch an die Front?«

»Nein, zum Glück nicht.«

»Solange du nicht an die Front musst, ist es ja nicht so schlimm. Ich warte auf dich, bis der Krieg vorbei ist, bis du zurückkommst.« Wie schwer es Inger fällt, das zu sagen.

Friedrich erhebt sich, geht langsam zum Fenster und schaut ins Unbestimmte. Dort verharrt er einen Moment und wendet sich abrupt, so als habe er einen unumstößlichen Entschluss gefasst, Inger zu:

»Ich schwöre bei Gott, dass ich zu dir zurückkomme und dich heirate!«

Er lässt sich neben ihr aufs Sofa fallen, legt ein Bein über ihre beiden Oberschenkel, so als wolle er ihr bedeuten, dass sie ihm gehört, bettet seinen Kopf auf ihre Schulter und schließt die Augen.

Mit einer schnellen Kippbewegung des Kopfes wirft Inger ihre langen Haare über ihn. Sein Haupt stützt jetzt das ihre und das lodernde Rot ihrer Haare begräbt seinen Torso. Nur seine beiden Beine ragen unter den Haaren hervor, das eine auf dem Boden, das andere auf ihren Oberschenkeln.

Minutenlanges Schweigen.

Friedrich hebt seinen Kopf. »Ich habe noch eine Bitte. Könntest du übermorgen mit mir nach Ekely fahren? Ich möchte dort jemanden besuchen.«

Inger nickt. »Was auch immer du dir wünschst.«

*

F riedrich trägt an diesem Tag zum ersten Mal Zivil. Statt eines Militärfahrzeugs hat er einen schlichten Volkswagen dabei. Mit Inger fährt er nach Ekely, einer Ortschaft bei Oslo.

»Könntest du die Leute fragen, wo Edvard Munch wohnt?« bittet Friedrich Inger, als sie in Ekely einfahren.

Schon der erste Passant weiß es und beschreibt Inger sehr genau die Route.

Das Haus Edvard Munchs steht, von einem hohen Lattenzaun umgeben, inmitten eines idyllischen Mischholzgartens. Zwischen diversen Laub- und Nadelgehölzen stehen viele kleine Apfelbäume. An einer Giebelseite des zweigeschossigen Stabbaus erkennt man einen Anbau mit hohen Fenstern.

»Das ist bestimmt sein Atelier!« flüstert Friedrich aufgeregt.

»Sieh doch mal Friedrich, auf dem Nachbargrundstück stehen ja zwei Panzer.«

»Das sind keine Panzer, das sind Zugführerwagen, die sollen die Grundstücke hier vor Partisanenangriffen schützen.«

Als sich Inger und Friedrich dem Lattenzaun nähern, hebt ein wildes Gebell an. Fünf mannscharfe Hunde versuchen die vermeintlichen Eindringlinge zu vertreiben. Friedrich redet auf die Hunde ein und versucht sie zu beruhigen. Doch je mehr er redet, um so wilder werden sie.

»Ich glaube, wir sollten umkehren, wir kommen da niemals rein«, schreit Inger voller Angst.

»Bleib du zurück, ich klettere über den Zaun und beruhige sie«, ruft Friedrich und greift in die Latten.

Darauf scheint einer der Hunde nur gewartet zu haben, er springt Friedrichs Hände wild an und verbeißt sich in seine linke Hand. Friedrich wirft sich zurück.

»Das habe ich nun davon«, grinst er verlegen und wickelt sein Taschentuch um die blutende Hand.

»Das war's dann wohl. Wir fahren zurück.«

»Sind Sie verletzt?« hören die beiden die Stimme einer Frau. Munchs Haushälterin kommt zum Zaun gelaufen. »Ich bringe die Hunde weg, kommen Sie bitte durch das Tor dort links. Wir haben Verbandszeug im Haus.«

Nachdem sie die Hunde verscheucht hat, bittet die Haushälterin die beiden in die Küche und verbindet Friedrichs Hand.

»Sie sind also Deutscher und Fräulein Inger ist ihre Übersetzerin. Ich muss Sie leider enttäuschen. Herr Munch ist sehr misstrauisch. Selbst ich darf hier im Hause nur zwei Räume betreten, die Küche und den Salon, wo er sich die meiste Zeit des Tages aufhält. Er empfängt niemanden, schon gar keinen Deutschen, höchstens ab und an mal einen seiner tschechischen Freunde.«

»Verdammt nochmal, und dafür habe ich einen solchen Blutzoll bezahlt. Ich bin selbst Künstler und mein Vater ist einer der Männer, die sich für Herrn Munch eingesetzt haben.«

»Sie leben doch noch, wieso sprechen Sie von Blutzoll? Herr Munch leidet unter der deutschen Besatzung. Die Deutschen haben seinen großen Besitz am Oslofjord beschlagnahmt und zwei Repräsentanten des Reichskommissariats haben ihm eine Frist gesetzt, Ekely innert vierzehn Tagen zu verlassen. Er muss jederzeit mit seiner Evakuierung rechnen. Auf einer Anhöhe in der Umgebung unseres Hauses stehen die wichtigsten Luftabwehrbatterien um Oslo. Sicherlich sind Ihnen auch die zwei Panzerkampfwagen auf dem Grundstück unserer Nachbarn nicht entgangen. Und Sie versuchen sich Zugang zu Herrn Munchs Grund und Boden zu verschaffen, werden in die Hand gebissen und sprechen von Blutzoll.«

»Entschuldigen Sie bitte, das wusste ich alles nicht«, entgegnet Friedrich kleinlaut. »Unter diesen Umständen ist Herrn Munchs Abneigung Deutschen gegenüber mehr als verständlich. Komm Inger, wir gehen.«

»Nein, warten Sie einen Moment. Wo Sie schon den weiten Weg zurück gelegt und auch noch ihren Blutzoll bezahlt haben, will ich doch mal in den Salon gehen und Herrn Munch von Ihnen berichten.«

Nach einer knappen halben Stunde kommt die Haushälterin wieder in die Küche und meint lapidar: »Gehen Sie nach rechts den Flur entlang.«

Der lange tunnelartige Flur endet in einem einfachen Zimmer mit nur wenigen Möbeln. In dem durch zwei große Fenster fallenden Dezemberlicht erkennt man an allen vier Wänden die bis zur Decke hängenden Gemälde; auf einem an der Wand stehenden kleinen Tisch vor einem der Fenster liegt neben einem Telefon ein aufgeschlagenes Buch; die Wand oberhalb der Tischfläche ist über und über mit Notizzetteln, Fotografien und kleinen Zeichnungen bestückt.

Und zurückgezogen in einer Ecke, den Eintretenden zugewandt, sitzt der Schöpfer des »Lebensfrieses« in einem Korbsessel. Er hat sein Leben in seinen Werken verbraucht und übriggeblieben ist ein Häuflein Mensch: über achtzig Jahre alt, hohlwangig, abgemagert, erschöpft, die übereinandergeschlagenen Beine unter einer dicken dunkelbraunen Decke verborgen. Munch rührt sich nicht. Er sitzt da, in sich selbst vertieft, als würde er dem Klang seiner Bilder lauschen.

»Passen Sie auf, dass Sie nicht von mir angesteckt werden!« ruft Munch plötzlich. »Ich bin schwer erkältet. Es gab eine große Explosion in der Nähe. Ich musste mich im eiskalten Keller verstecken. Und das zu Weihnachten! Was für ein wunderbares Geschenk von den Deutschen!«

»Ich habe von dieser Explosion gehört. Ein Sprengstoffdepot am Osloer Hafen soll in die Luft geflogen sein. Die genaue Ursache wird zur Zeit noch untersucht«, erwidert Friedrich verlegen.

Als Munch Friedrichs deutschen Akzent vernimmt, zieht er mürrisch seine Mundwinkel nach unten. Inger entdeckt ein Bild an der Wand, ein Selbstporträt, in dem Munch wutrot genau dieses Gesicht zieht.

»Herr Munch«, sagt Friedrich. »Ich weiß, was Sie von uns Deutschen halten. Ich hoffe, Sie werfen mich nicht raus. Ich bin hier, weil mein Vater Sie so bewundert hat, ich natürlich auch. Vielleicht erinnern Sie sich noch, mein Vater war einer der deutschen Künstler, die 1892 gegen die Schließung Ihrer Ausstellung in Berlin protestiert haben. Danach hat er zusammen mit Max Liebermann die Berliner Sezession gegründet und Ihre Bilder dort gezeigt.«

»Wie heißt Ihr Vater?« Munch hat seine Mundwinkel wieder nach oben gezogen.

»Karl Lange. Vor zehn Jahren ist er gestorben.«

»Dieser Name sagt mir leider nichts. Die Berliner Sezession hatte auch so viele Mitglieder, dass man nicht jedes kennen kann.«

»Versteht sich. Mein Vater war ja auch nur regional bekannt.«

»An die Ereignisse von 1892 erinnere ich mich aber noch sehr genau. Meine Ausstellung in Berlin war erst einen Tag eröffnet, schon musste sie zwangsgeschlossen werden. Die deutsche Presse stürzte sich auf mich, als sei ich ein Stück Scheiße. ›Ein Hohn für die Kunst‹, ›Schweinerei‹, ›Gemeinheit‹, was sie nicht alles zu meinen Bildern gesagt haben!«

Munch macht eine Pause, um Luft zu holen und fährt erregt fort: »Andererseits ist Deutschland das Land, das mich hochgebracht hat. Sie wissen ja vielleicht, ich war vorher in Norwegen von meinen Landsleuten genauso, wenn nicht sogar schlimmer, beschimpft worden. Deshalb bin ich überhaupt nach Deutschland gegangen. Dort wurde ich zwar auch mit Schmutz beworfen, aber

Leute wie Max Liebermann und Ihr Vater haben sich für mich eingesetzt und mir so uneigennützig geholfen, dass ich als Maler bekannt wurde und ein kleines Vermögen mit meinen Bildern verdienen konnte. Dafür bin ich Deutschland nach wie vor dankbar, trotz allem.«

»Wir müssen Ihnen danken, für Ihre Kunst!« antwortet Friedrich.

»Aber jetzt haben mich die Deutschen noch einmal hinausgeworfen! Haben meine Bilder aus Museen heraus beschlagnahmt und in Schandausstellungen zur Schau gestellt. Und welche schönen neuen Etiketten haben sie jetzt erfunden? ›Entartete Kunst‹, ›Antikunst‹ nennen sie es! Ist es nicht unglaublich, dass etwas so Unschuldiges wie die Malerei eine solche Aufregung verursachen kann? Dieser ganze Rummel war im Grunde lustig. Eine bessere Reklame hätte ich gar nicht bekommen können. Ich bin nur immer wieder erstaunt, wozu der Mensch fähig ist. Offenbar ist es ein Grundbedürfnis des Menschen, andere abzuwerten, zu erniedrigen, und wenn möglich, zu vernichten. Sehen Sie diesen Krieg an, diesen von Deutschland angezettelten abgrundtief bösen, diesen dämonischen und zugleich völlig lächerlichen Krieg! Die Deutschen werden ihn übrigens verlieren, junger Mann.«

»Aber es gibt auch die Liebe«, wendet Inger, die bisher den Herren nur still zugehört hat, schüchtern ein.

Munch richtet sich an Inger: »Die Liebe vernichtet doch auch, sie hinterlässt, genau wie die Flamme, auch nur einen Haufen Asche.«

Inger blickt den alten Meistermaler befremdet an, will nicht glauben, was er da sagt.

Munch verstummt. Er scheint geistig abwesend zu sein. Aber da hebt er wieder an:

»Sehen Sie, junges Fräulein, Sie haben soeben ein Totenzimmer betreten. Meine Bilder leben, aber ich bin schon so gut wie tot, aufgebraucht, verbraucht, ausgebrannt, verbrannt vom Leben!«

»Aber Sie weilen doch unter den Lebenden, die Welt liebt und verehrt Sie«, wendet Friedrich leise ein.

»Ach was. Die erste Hälfte meines Lebens war ein Kampf um Anerkennung. Und die letzte Hälfte meines Lebens war ein Kampf um meine Existenz. Mit dem Blut meines Herzens habe ich meine Bilder gemalt, sie sind meine Kinder, meine Nachkommen, die künftigen Generationen Zeugnis von ihrem Vater ablegen werden. Mein Lebenspfad führte am Abgrund entlang, einem Abgrund von unendlicher Tiefe. Ich musste von Stein zu Stein springen. Manchmal habe ich versucht, den Pfad zu verlassen, und habe mich ins Gewimmel des Lebens gestürzt. Aber immer wieder musste ich auf den Pfad am Rande des Abgrunds zurück. Nur meine Bilder haben sich als zuverlässig erwiesen. Auf sie konnte ich mich immer stützen.«

Friedrich ist erschüttert:

»Aber sie haben doch ein sehr erfolgreiches Leben geführt.«

»Erfolgreich? Ich weiß nicht recht. Im Grunde scheitert doch jedes Leben. Das Scheitern ist wichtiger als der Tod.«

Inger und Friedrich haben ihren Kopf gesenkt und blicken betroffen zu Boden. Sie hatten sich von dem Besuch etwas ganz anderes erwartet.

Munch fährt fort: »Im Grunde verläuft unser Leben doch auf dem schmalen Grat zwischen Lebensangst und Todesangst. Und die Liebe, mein sehr verehrtes Fräulein Inger, die Liebe ist eine Illusion. Lebensangst und Todesangst sind zwei Seiten einer Medaille, und man glaubt, die sogenannte Liebe könne einen diese beiden Pole vergessen lassen, aber in Wahrheit verbrennt sie die Seelen der Liebenden. In der Liebe gibt der Tod dem Leben die Hand. Denken Sie an mich, wertes Fräulein Inger, falls sie sich jemals verlieben sollten!«

Als das Paar wieder vor Munchs Haus steht, nimmt Friedrich Inger fest in die Arme: »Du kannst dir gar nicht vorstellen, wie dankbar ich dir bin, dass du mit mir hierher gekommen bist. Munch persönlich kennenzulernen, war ein Lebenstraum von mir, auch wenn er uns nur empfangen hat, um seine Verbitterung kundzutun. Immerhin habe ich gesehen, dass Leben und Werk bei ihm wirklich eins sind.«

»Ich kann aus dem, was er gesagt hat, nur eine Lehre ziehen. Wir beide müssen gut auf uns aufpassen. Sieh nur zu, dass du gesund und heil aus Polen zurückkommst!«

»Ich werde dir jeden Tag einen Brief schreiben! Ich gehe zwar weg, aber meine Seele bleibt bei dir!«

Am 23. Januar 1944, vier Wochen nach dem Besuch Ingers und Friedrichs, erliegt Edvard Munch im Alter von 81 Jahren der Infektion, die er sich im kalten Keller zugezogen hat.

*

Friedrich verlässt das Fischerdorf Støldal genauso, wie er gekommen ist, in seinem Mercedes-Kübelwagen. Auf dem Rücksitz steht ein rossbrauner Koffer, in den er zwei zusammengerollte Leinwände und ein blaues chinesisches Seidenetui mit Ingers Haarsträhne gepackt hat. Alles andere hat er zurückgelassen. Vor Ingers Haus macht er eine halbe Stunde halt. Er erinnert sich, wie er sie dort zum ersten Mal sah, die Hände vor den Mund gepresst, ihr Kopf ein Quell leuchtender Blutsträhnen.

Inger will diesen Moment nicht erleben. Sie ist zu der Stelle am Strand gegangen, wo Friedrich sie in der Sankt-Hans-Nacht zeichnete. Ganz anders als in jener Mittsommernacht ist die Sonne an diesem Wintertag nicht aufgegangen. Inger erinnert sich, wie Friedrich sie von hinten mit festem Blick gebannt ansah. Selbst der trübste Tag kann dieses Erinnerungsbild nicht verwischen.

Friedrich hält sein Versprechen. Wöchentlich kommt Post von ihm aus Polen. Er berichtet, dass es ihm gut geht. Oft legt er auch ein paar Reichsmark bei. So geht es zwei Monate, bis Inger krank wird. Sie muss immer häufiger erbrechen und ihr Bauch ist so dick geworden, dass sie ihn kaum noch unter ihrem Kleid verbergen kann.

Sie sucht Nora auf, eine alte Schulfreundin.

»Sieh mal meinen Bauch an, bin ich schwanger, oder habe ich eine Geschwulst?« Inger presst ihr Kleid eng an den Körper, um Nora ihren Bauch zu zeigen.

»So kann man das auch nennen, eine Geschwulst. Schwindelgefühl, Schlaflosigkeit, Übelkeit, hast du das alles?«

»Ja, das alles habe ich.«

»Also hast du es gemacht!« Nora grinst Inger an. »Und wie war es?«

Inger schweigt.

»Scherz beiseite. Ein Kind ist kein Scherz. Wer war das? Ich finde, ihr solltet jetzt heiraten!«

»Das war...ein Deutscher.«

Fassungslos reißt Nora ihren Mund auf. »Wie kannst du nur so dumm sein, Inger?! wie kannst du nur so dumm sein?!« schnauft sie.

Inger glaubt, die Besinnung zu verlieren.

»Ja, ich weiß, du bist nicht die einzige, die das macht. Andere protzen richtig damit, dass sie einen deutschen Freund haben. Aber du weißt doch genau, wie das Dorf über solche Mädchen redet. Wenn die Deutschen weg sind, wird's nur schlimmer sein.«

»Wollen die Deutschen weggehen? Das wusste ich gar nicht.«

»Glaubst du wirklich, sie werden hier ewig bleiben können? Hast du deinen Verstand verloren? Das sind Besatzer, und jeder Besatzer wird früher oder später rausgeworfen, das lehrt doch die Geschichte! Ich verstehe überhaupt nicht, wie du dich auf so jemanden einlassen kannst.«

»Er ist mir nicht als Besatzer, nicht als Militär, nicht als irgendwer begegnet, er ist mir als Mensch begegnet.«

»Tja, die Liebe macht blind«, seufzt Nora. »Dann stell ihn doch zur Rede, dass du ein Kind von ihm im Bauch hast.«

»Er ist fort, in Polen.«

Nora wird rot vor Wut: »Na, wie ich gesagt habe! Ein Verbrecher ist das! Er steckt seinen Schwanz in dich rein und haut ab!«

»Nein, er ist nicht so, wie du denkst. Da bin ich mir ganz sicher. Er wurde nur versetzt. Er wollte nicht, er musste gehen.«

Nora schweigt eine Weile und blickt Inger sehr ernst an: »Inger, ich rate dir, als deine Freundin und zu deinem eigenen Wohl, das Kind abzutreiben. Ich kann dir eine Engelmacherin empfehlen.«

»Nein, das kommt überhaupt nicht in Frage! Ich will das Kind haben, ich will es!«

»Glaub mir, Inger, du wirst es sehr schwer haben, das Kind auch! Und du wirst es bereuen. Dann sage nicht, dass ich dich nicht gewarnt habe!«

Inger geistert durch das Dorf, steht vor dem Kasernentor, wartet, bis ein früherer Kollege von Friedrich erscheint, bittet ihn, sie in die Kaserne mitzunehmen und telefonisch mit Friedrich zu verbinden.

Am Apparat hört sie Friedrich vor Freude schluchzen: »Ich bin so glücklich, Inger, ich kann es gar nicht beschreiben. So haben wir es auch geplant, oder nicht?«

»Ich bin auch glücklich. Aber mein Vater wird mich umbringen, wenn er erfährt, dass ich ein Kind von einem Deutschen im Bauch habe. Was soll ich jetzt machen? Darf ich zu dir kommen?«

»Das geht nicht. Nicht, dass ich das nicht will. Aber ich bin in Polen ständig unterwegs und kann mich nicht um dich kümmern.«

»Was soll ich denn machen?!« Inger ist verzweifelt.

Friedrich denkt eine Zeit lang nach: »Es gibt eine Einrichtung in Oslo, wo du hingehen kannst. Sie heißt ›Lebensbornheim‹ und kümmert sich um Frauen, die von deutschen Militärs schwanger werden. Ich werde mich sofort mit dieser Einrichtung in Verbindung setzen und für dich einen Platz reservieren. Dort kannst du in aller Ruhe unser Kind zur Welt bringen. Und ich werde alles tun, um euch dort so bald wie möglich abzuholen!«

*

N ie im Leben hat Inger daran gedacht, dass sie eines Tages, genauso wie Erik und Leon, ihr Dorf werde verlassen müssen. In drei Tagen wird es so weit sein, Friedrich hat bereits einen Wagen für sie bestellt.

Abends huscht Inger ins Zimmer ihres Vaters, als er gerade die Zeitung liest.

»Papa, darf ich dich was fragen?«

»Oh, hast du mich erschreckt!« Vater Kasper legt die Zeitung zur Seite und wendet sich seiner Tochter zu. »Was willst du fragen?«

»Ich wollte fragen, ob du mir verzeihen würdest, wenn ich in deinen Augen einen Fehler gemacht habe.«

»Was für einen Fehler hast du gemacht?«

»Ich sagte doch ›wenn‹.«

»Du fragst doch nur, weil du den Fehler schon gemacht hast, oder nicht?«

Inger schweigt.

»Na ja, das ist deine Sache, ob du es mir erzählst oder nicht. Ich bin grundsätzlich bereit, alles und jedes zu verzeihen. Aber es gibt bestimmte Sachen, die man einfach nicht verzeihen darf. Zum Beispiel, was die Deutschen uns angetan haben!«

Ein Schauder läuft Inger den Rücken hinunter.

»Verzeihung. Ich verstehe selbst nicht, wieso ich so emotional bin. Das mit den Deutschen hat mit dir doch nichts zu tun. Was bedrückt dich? Erzähl doch einfach.«

In diesem Moment rennt Mutter Alma ins Zimmer: »Leon, Leon ist da!«

Die drei stürzen vors Haus. Im Hof kauert Leon. Er schwitzt, und sein Atem geht keuchend. Der rechte Ärmel seiner dicken Jacke ist nass von Blut. Das ist nicht mehr Ingers Leon; aus Thor ist ein schmaler blasser Junge mit schwarzen Augenringen geworden. Seine schulterlangen Haare starren vor Schmutz, sein früher so ebenmäßiges Gesicht ist gezeichnet von den Schrecken des Kampfes.

»Er wird nie wieder einen Hammer schwingen, nie wieder wird er mit mir über den Tanzboden fliegen«, geht es Inger durch den Kopf.

»Träume nicht, fass mit an!« schreit Vater Kasper.

Vater und Inger stützen Leon und helfen ihm ins Haus.

»Was ist passiert?« fragt der Vater den Verletzten.

»Mich hat eine Kugel erwischt. Die Deutschen haben auf mich geschossen, als ich da hinten beim Holzfällerweg Minen gelegt habe. Das Geschoß steckt noch in meinem Arm«, sagt Leon mit schmerzverzerrtem Gesicht.

»Aber was ist, wenn die Holzfäller auf eine der Minen treten?« gibt Inger zu Bedenken.

»So was muss man in Kauf nehmen, wenn man die Deutschen besiegen will«, antwortet Leon mit einer Spur Bitterkeit.

»Halte dein Maul, Inger, geh sofort den Doktor holen!« befiehlt der Vater.

Als Inger mit dem Arzt zurückkommt, liegt Leon bereits auf dem Bett ihres Bruders.

Der Doktor macht sich gleich an die Arbeit. Er betäubt Leons Arm und beginnt, die Kugel mit einem Skalpell zu entfernen. Als Inger das Blut fließen sieht, muss sie erbrechen.

»Du nimmst täglich Fische aus und kannst trotzdem kein Blut sehen?« kichert der Vater gutmütig. Belustigt richtet der Patient seinen Blick auf Inger.

Als Vater Kasper nach der Operation den Doktor bezahlen will, lehnt dieser dezidiert ab: »Ich verlange doch kein Geld dafür, dass ich einem Landsmann helfe, der für mich kämpft und dafür sein Leben riskiert! Ich will nur später, wenn es ihm besser geht, von ihm erfahren, wie es um unser Land steht.«

»Leon hat vorhin schon einiges davon erzählt, als Sie noch unterwegs waren. Sowohl die Alliierten als auch die Russen rücken immer näher. Die Deutschen verlieren an immer mehr Fronten. Er glaubt, innerhalb eines Jahres werde unser Land von der Pest befreit sein«, meint Vater Kasper.

Der Doktor macht ein zufriedenes Gesicht. Inger muss wieder erbrechen.

Nachdem die Eltern ins Bett gegangen sind, schleicht Inger sich in Leons Zimmer und kniet sich vor sein Bett. Er ist, wie sie erwartet hat, noch hellwach.

»Ich bin so froh, dich zu sehen, Inger, nach zweieinhalb Jahren. Du bist noch schöner als früher.«

»Du hast damals niemandem gesagt, dass du Widerstandskämpfer werden willst.«

»Ich wollte dir keine Sorgen bereiten. Ich erzähle dir alles, wenn ich wieder da bin. «

»Gehst du schon wieder weg?«

»Ich gehe morgen weg. Ich will deine Familie nicht in Gefahr bringen. Ich bin deswegen auch nicht zu meinen Eltern gegangen. Die Deutschen suchen bestimmt nach mir.«

Inger schweigt.

Leon versucht, sich aufzurichten, schafft es aber nur, seinen Kopf auf die Kopfstütze des Bettes zu legen: »Sag mal, Inger, hast du schon einen Neuen?«

Inger schüttelt den Kopf.

Leon gelingt es jetzt doch, sich ganz aufzurichten: »Danke, dass du auf mich gewartet hast. Weißt du was? Wenn dieser Krieg nicht wäre, hätte ich bei deinem Vater schon längst um deine Hand angehalten. Jetzt steht unser Sieg ja vor der Tür. Sobald wir die Deutschen vernichtet haben, werde ich dich heiraten. Ich verspreche es dir!«

Inger hält Leons Hand und schluchzt.

Am nächsten Tag fährt Vater Kasper Leon mit dem Fischerboot in den Fjord und setzt ihn in einem dichten Küstenwald ab. Zwei Tage später verlässt Inger ihr Elternhaus. Sie hinterlässt nur eine kleine Notiz: »Papa und Mama, ich hoffe zutiefst, Ihr werdet mir verzeihen.«

*

Das Lebensbornheim liegt direkt über dem Oslofjord. Ein mächtiges zweigeschossiges Blockhaus, davor eine Blumenwiese mit Sandkästen. Weißgekleidete Kleinkinder üben sich unter der Anleitung ihrer neben ihnen knienden jungen Mütter im Sandkuchenbacken. Auf braun gestrichenen Holzbänken plaudern Hochschwangere miteinander. Rund um das Haus verlaufen rote Schotterwege, die in die nahe gelegenen Wälder führen. Gruppen von Schwestern in gestärkter weißer Tracht und Haube schieben Korbkinderwagen, in denen unter weißen Stoffbaldachinen Säuglinge in blauen oder rosafarbenen Strampelanzügen liegen.

Rotschopf Inger entsteigt einer schwarzen Limousine. Aller Augen richten sich auf sie. Eine Rothaarige?

Inger öffnet die Flügeltür und steht in einer kleinen Halle. Gleich rechts der Empfang. Eine Schwester nimmt ihre Daten auf und überreicht ihr den Zimmerschlüssel: Zimmer 220, zweiter Stock, rechts. Über eine Holztreppe geht es auf einen langen Flur. Der frisch gebohnerte nach Wachs riechende Holzfußboden glänzt in der durch die Fenster fallenden Sonne. Wände und Türen sind schneeweiß.

Inger betritt ihr Zimmer. Zwei Fenster, dazwischen eine auf den Balkon führende Glastür. An einer Wand ein Waschbecken, drei Handtücher, weiß. Drei weiße frisch duftende leinenbezogene Betten. Daneben weiße Nachttische, auf einem steht eine Vase mit frischen Blumen, und da liegt ein Kärtchen: »Frau Inger Nerhus« steht darauf.

Inger wirft sich auf ihr Bett und schaut durch die Fenster in den blauen, leicht bewölkten Himmel. Über dem Balkon flattert etwas Schwarzes. Der Flügelschlag eines Vogels? Inger erhebt sich und tritt auf den Balkon. Jetzt ist das Schwarze über ihr. In der milden

Meeresbrise bläht sich eine mächtige schwarze Fahne mit zwei weißen Siegesrunen.

Inger legt sich wieder aufs Bett und schläft ein. Mitten in der Nacht wird sie durch das Weinen eines Kindes geweckt. Schnelle Schritte knirschen im Schotter. Inger geht zum Fenster. Im schwachen Licht erkennt sie das Heck einer schwarzen Limousine. Um besser sehen zu können, öffnet sie vorsichtig die Balkontür und schleicht in gebückter Haltung auf den Balkon. Ein schwarzgekleideter Mann trägt das weinende Kind zum Wagen und legt es auf den Rücksitz. Ihm folgt ein zweiter Mann mit Schirmmütze. Er schiebt eine jammernde junge Frau, wahrscheinlich die Mutter, neben das Kind. Die beiden Männer steigen lachend ein. Sie sitzen im Wagen und scheinen auf etwas zu warten. Nach einer Weile bringt ein Mann in weißem Kittel ein weiteres Kind und legt es der auf dem Rücksitz zusammengesunkenen Frau in die Arme. Er öffnet die Tür auf der Beifahrerseite und sagt etwas auf Norwegisch. Inger versteht nur das Wort »Zwillinge«. Dann steckt er sich eine Zigarette in den Mund. Der Beifahrer gibt ihm Feuer, der Mann im Kittel nimmt einen tiefen Zug und die beiden Männer lachen zufrieden, so als sei dies das Ende eines erfolgreichen Arbeitstages.

Der Wagen nimmt den steil abfallenden breiten Weg Richtung Oslo. Die roten Rücklichter versinken in der Nacht und jetzt sieht Inger nur noch die Glutspitze der Zigarette. Plötzlich fliegt der glühende Punkt in einem Bogen durch die Luft und verschwindet im Boden. Fast gleichzeitig hört Inger das Reiben eines Streichholzes und jetzt sieht sie im aufflammenden Feuer für den Bruchteil einer Sekunde das Gesicht des Mannes; es ist der Arzt, der ihr in der Eingangshalle so freundlich zugelächelt hat.

Inger kann sich auf das, was sie gesehen hat, keinen Reim machen. Sie geht ins Zimmer zurück, legt sich ins Bett, und da sie sehr müde ist, schläft sie sofort ein.

Inger hat die Angewohnheit, bis kurz vor Mittag im Bett zu liegen und immer wieder Friedrichs alte Briefe zu lesen. Wie sehr sehnt sie ihn herbei: er steht an ihrem Bett und streichelt ihren immer runder werdenden Bauch; auf ihren Nachmittagsspaziergängen in der Umgebung des Heimes geht er dicht neben ihr; er passt auf sie auf, und wenn sie laut mit sich spricht, spricht sie eigentlich mit ihm.

Immer wenn Inger den Arzt sieht, der der Frau das Kind in die Arme gelegt hat, kommen die Erinnerungen an die erste Nacht. Sie begegnet diesem Mann regelmäßig, wenn er mit seinen Kollegen Frauen und Kinder durchmustert, Befunde in Vordrucke einträgt oder sich im Beisein eines Übersetzers mit den Frauen unterhält. Dann bemächtigt diese Nacht sich ihrer und sie wartet nur darauf, dass der Arzt zu ihr sagt: »Kommen Sie mit!« und sie in einem Auto weggebracht wird.

Eines Tages steht Inger im Zentrum des Interesses der Arztvisite. Mehrere Ärzte haben sich dicht vor sie hingestellt.

»Sind Ihre Haare eigentlich naturrot, Frau Nerhus?« lässt einer der Ärzte den Übersetzer fragen.

»Ja, meine Haare sind echt!« antwortet Inger.

Die Ärzte nicken anerkennend und haben keine weiteren Fragen. Inger ist erleichtert, als sich die Ärzte der nächsten Frau zuwenden.

Sie beugen sich tief über die schwarzhaarige Frau, ihr Neugeborenes liegt auf ihrem Bauch. Einer der Mediziner fasst das Kind bei seinen Füßchen und hält es eine Zeit lang hoch in die Luft. Der Säugling müsste eigentlich schreien, aber er gibt keinen Mucks von sich. Ist er tot? Ein Klaps auf den Po und jetzt schreit er. Der Arzt ruft eine der Schwestern herbei und legt ihr das schreiende Kind in die Arme. Sie spricht beruhigend auf es ein und bewegt sich wiegenden Schrittes aus dem Raum. Jetzt geht der Übersetzer neben dem Bett der Mutter in die Hocke und flüstert ihr etwas zu.

Die Frau richtet sich auf und es bricht aus ihr heraus: »Nein nein nein, warum?« Sie scheint nicht begreifen zu wollen, was ihr der Übersetzer gesagt hat. Im Raum herrscht vollkommenes Schweigen. Sie sitzt kerzengerade im Bett, ihr wirr gelocktes schwarzes Haar bauscht sich wie ein Turban über ihrem Kopf, in die dunklen Augen scheint kein Bild mehr zu fallen. Hält sie den Atem an?

Wie vom Schlag getroffen fällt sie plötzlich nach hinten. Rasch schieben zwei Schwestern das Bett mit der Hülse einer Mutter auf den Flur. Die Ärzte haben das Schauspiel abschätzig und distanziert beobachtet. Inger sieht Mutter und Kind nicht mehr wieder.

»Sind es die schwarzen Haare und dunklen Augen?« Inger kommt der Vortrag des alten Offiziers anlässlich der Ausstellung »Kunst und Antikunst« in den Sinn. Geht es in diesem Lebensbornheim um »die Schönheit und Würde des Nordischen Menschen«, von der damals die Rede war? Ist es eine Art »Zuchthaus«, in dem zwischen wertvollen und weniger wertvollen »Menschenexemplaren« unterschieden wird?

»Ich gehöre hier wohl zu den ›wertvollen Exemplaren‹«, denkt Inger und schreckt sogleich vor dieser Einsicht zurück.

Trotzdem hat Inger Verständnis dafür, dass Friedrich sie ins Lebensbornheim gebracht hat. In ihrer Situation war das wirklich die einzig mögliche Lösung. Jede Stunde, jede Minute wartet sie nur darauf, dass er zu ihr zurückkehrt.

Ab dem 1. Juli 1944, zwei Monate vor der erwarteten Niederkunft, kommt plötzlich keine Post mehr von Friedrich. Ein Tag, zwei Tage, drei, vier, fünf...aber der Postbote hat immer noch keine Post für Inger. Sie ruft in Polen an, und man sagt ihr, er sei in einer Nacht geflohen vor den in Polen vorrückenden Russen. Ob er tot ist, das wisse man nicht. Dann legt man auf.

Tag für Tag schlagen die Wellen der Verzweiflung in Inger ein, wie die Brandung, die immer wieder gegen den Fels prallt, ihn abträgt und schließlich vernichtet. Man muss ihr Widerstand leisten, wenn man nicht untergehen will, und diese Kraft muss man aus sich selbst schöpfen.

»Das werde ich tun, bis zu meinem letzten Atemzug. Selbst wenn du schon tot bist, werde ich so für dich leben, als wärst du noch da, werde ich ein unerschütterlicher Fels sein!«

Dieser Satz geht Inger wieder und wieder durch den Kopf, als das Kind aus ihr herausgezogen wird.

»So ein süßer Junge!« Die Hebamme hält ihr das weinende Kind entgegen. Blut rinnt von seiner Stirn und mischt sich mit seinen Tränen. Inger versucht ihre Schmerzen zu ignorieren und es anzulächeln, für es und für seinen Vater.

*

Es ist ein wahrer Festschmaus im Verwaltungsgebäude des Konzentrationslagers Lublin, Südostpolen. Es gibt Krakauer Würste, Sauerkraut mit Erbsenpüree, Bratkartoffeln, deutsches Bier und französische Weine.

Friedrich hat heute die Güterwaggons von Warschau hierher überführt. Wie immer bedankt sich die KZ-Führung bei ihm mit einer üppigen Mahlzeit. Die Offiziere amüsieren sich und schauen durch das Fenster Hunderten jüdischer Häftlinge zu, die in der unerbittlichen Sonne für ein mageres Süppchen und ein kleines Stück Brot anstehen.

Ein ausgemergelter junger Jude – so ausgemergelt und abgerissen sind sie ja alle – greift sich heimlich zwei Stücke Brot und wird sofort von einem Aufseher zu Boden geworfen und ausgepeitscht. Wie ein Wurm windet er sich auf der Erde.

»Dass diese knochigen Ratten noch so viel fressen können!« knurrt der Lagerkommandant angewidert.

»Sehen Sie mal den Suppenkasper dort, der hat gar keine Haare mehr«, ruft ein Offizier und klatscht vor Begeisterung in die Hände.

»Dann braucht er auch nicht zum Frisör!« lacht der Lagerkommandant und fährt fort: »Sie müssen bedenken, dass die alle, so schlank und rank die jetzt da stehen, bevor sie zu uns ins Erholungsheim zur Abmagerungskur gekommen sind, vollgefressene feiste Schweine mit Bärten bis zum Boden und ungewaschenen langen Haaren waren, die auf unsere Kosten gelebt haben. In unserem Lager können wir alle sehen, was für erbärmliche nackte Ratten übrig bleiben, wenn man ihnen ihre Haare und fetten Bäuche nimmt. Pfui Deibel.«

»Jawoll Herr Lagerkommandant!« schallt es durch den Raum wie aus einem Mund und dann stimmen die Anwesenden ein Lied an:

Feige Ratten, Feige Ratten, spannt sie vor die Arbeitskarren

Lasst sie schaffen, bis sie fallen, schade ist´s um kein´ von allen.

Feige Juden, Feige Juden, stellt sie vor die Jauchegruben

Knallt ihn´ in den Kopp, den dummen, dass sie schnell zur Scheiße kummen...

»Darf ich Sie mal was fragen?« Es ist Friedrich, der, nachdem der Gesang verstummt, als erster etwas sagt.

»Aber selbstverständlich können Sie mich mal was fragen«, antwortet der Lagerkommandant herrisch. Aller Blicke sind erwartungsvoll auf Friedrich gerichtet.

»Könnten Sie mir verraten, was es mit diesen Zyklon-B-Dosen auf sich hat? Seit zwei Monaten transportiere ich sie, und immer unter strengsten Sicherheitsvorkehrungen. Ich weiß aber nicht, wozu sie dienen. Ich hoffe, meine Neugier ist nicht unangebracht.«

Entgeistert blickt der Lagerkommandant Friedrich an: »Hä? Was? Das ist wohl ein Witz! Zyklon-B-Dosen? Na nun raten Sie mal? Was ist da wohl drin? Gulaschsuppe? Erbsen? Obstsalat?«

Die Offiziere können sich nicht mehr halten vor Lachen. Sie biegen sich, halten ihre Bäuche, schlagen vor Vergnügen auf den Tisch und brüllen wild durcheinander: »Obstsalat, Erbsen mit Möhren, Gulaschsuppe...«

»Moment mal!« schreit da einer der Offiziere. Sofort tritt betretene Stille ein. »Kommandeur Lange ist ein Unwissender. Er war satte drei Jahre in Norwegen. Was in Polen vorgeht, darüber kann er doch wirklich nichts wissen!«

»Ach so, wir haben einen Norweger unter uns, einen Exoten! Prösterchen Norweger!« Der Kommandant stößt mit Friedrich an.

»Wissen Sie, hier im Konzertlager geht es darum, die Insassen und insbesondere die Juden gut über den Krieg zu bringen. Während unsere Kameraden an der Front verrecken, verbringen diese jüdischen Schweine ihre Freizeit in unserem herrlichen Konzertlager. Jeder deutsche Frontsoldat würde gerne mit denen tauschen. Die einzige Arbeit, die die haben, ist, die neuen harten Kommissstiefel einzulaufen, damit die deutschen Soldaten schöne weiche Stiefel haben. Es ist doch eine höchst angenehme Sache, so über den Krieg zu kommen. Nun verhält es sich aber so, dass dieses Pack auf den Erlöser wartet, und dieser ist ihnen in der Gestalt unseres Führers erschienen. Sieg Heil! Die Erlösung der Juden ist zugleich die Lösung der Judenfrage. Und die wird ganz systematisch gelöst. Sie wird so gelöst, dass die Juden ausgelöscht werden. Mit Ihrer Gulaschsuppe direkt ins Paradies. Heil Hitler!«

Die Kollegen feixen.

»Wir alle danken Ihnen für Ihre ausgezeichnete, das Volkswohl fördernde Arbeit!« fügt der Kommandant grinsend hinzu.

Als Friedrich den Speiseraum verlässt, liegt der ausgepeitschte Jude immer noch in seinem Blut. Friedrich bleibt lange vor ihm stehen. Der Junge schaut ihn fest an, nicht leidend, sondern stolz. Aber seine Augen sind dermaßen getränkt mit Blut, dass man nicht weiß, ob man sich das nur einbildet.

An diese Szene denkt Friedrich zurück, als er mit hohem Fieber in einer Holzhütte liegt. Die Hütte gehört einem polnischen Bauern, der ihm auf seiner Flucht ein Versteck anbot. Friedrich entkam nur knapp den Schüssen, als die Rote Armee seine Güterwaggons auf dem Weg nach Südostpolen angriff. Er lebt zwar noch, aber wie! Vor einigen Monaten war er noch ein angesehener Offizier, den jeder respektierte und bewunderte. Jetzt ist er nur ein jämmerlicher Flüchtling. Und bald wird es noch viel schlimmer sein, er wird ein Krimineller, ein Gejagter, ein zum Tode Verurteilter sein! Das weiß er jetzt schon. Der Krieg ist verloren, das Schicksal von Millionen Menschen wird sich wenden. Die Sieger werden sich grausam rächen und sich ihren verlorenen Stolz zurückholen.

Und Inger, wie wird es Inger ergehen, und dem Kind? Ist es ein Junge oder ein Mädchen? Werden die beiden die Racheaktionen überleben?

Friedrich nimmt die flammenrote Haarsträhne aus seinem Seidenetui. Das ist das Einzige, was er jetzt noch von Inger hat. Die weichen Haare sind ihm ihre zarte Haut, die er streichelt und küsst und mit seinen Tränen benetzt.

*

November 1944. Edvard, der am 30. August geboren wurde, ist fast drei Monate alt. Friedrich hat immer noch nichts von sich hören lassen. Im Lebensbornheim will Inger nicht länger bleiben. Sie beschließt, mit Edvard in ihr Elternhaus zurückzukehren.

»Papa und Mama werden mir bestimmt verzeihen, diese großen unschuldigen Augen Edvards werden sicherlich ihr Herz erweichen«, glaubt Inger.

Als Mutter Alma die Tür öffnet und das Kind in Ingers Armen sieht, bleibt ihr die Luft weg. Vater Kasper, der inzwischen sehr mitgenommen aussieht, kommt heran und bleibt für einen Moment wie versteinert stehen, sein Gesicht kreideweiß.

»Von wem ist das Kind?« fragt er mit zitternder Stimme.

»Von Friedrich Lange«, antwortet Inger ruhig.

»Wie kannst du uns so was antun?! Wie kannst du uns so was antun?!« Der Vater ist eher verzweifelt als wütend.

Die Familie sitzt schweigend um den Küchentisch. Plötzlich reißt Vater Kasper mit beiden Händen das Kind aus Ingers Armen, hebt es hoch über seinen Kopf und ist im Begriff, es auf den Boden zu werfen. Blitzschnell springt Mutter Alma hoch, zerrt mit aller Kraft das Kind von ihm weg und schreit ihn an: »Bist du wahnsinnig geworden?! Willst du einen Menschen töten?!«

Edvard weint, die Großmutter nimmt ihn auf ihren Schoß und tröstet ihn.

Der Großvater sinkt im Stuhl zusammen und jammert vor sich hin: »Ich weiß, dass das Kind keine Schuld trägt. Aber wie können wir mit einem Deutschensohn und einer Deutschenhure in diesem Dorf noch leben? Jeder kennt hier doch jeden! Es bleibt mir nur noch, mich selbst zu töten, wenn ihr hier bleiben wollt.«

»Für alles gibt es eine Lösung. Lass die zwei doch erst mal schlafen.« Die Großmutter steht auf und deutet Inger an, sie solle in ihr Zimmer gehen.

Inger nimmt Edvard auf den Arm und wendet sich ihrem Vater zu: »Papa, sieh mal Edvard an, sieh ihn mal an!«

Als habe Edvard ihre Worte verstanden, reißt er seine Augen auf und streckt seine kleine Hand dem Großvater entgegen. Dessen Augen bleiben aber dicht verschlossen.

»Dann sieh mich an, Papa! Ich bin keine Hure. Ich liebe ihn, ich liebe den Vater von Edvard, genauso wie du Mama liebst. Und Edvard ist die Frucht unserer Liebe, genauso wie ich die Frucht eurer Liebe bin! Darin besteht überhaupt kein Unterschied!«

Vater Kasper öffnet die Augen und antwortet kalt: »Wozu bist du denn hier? Geh doch zu ihm.«

»Inger, übertreib's jetzt nicht! Lass deinen Vater in Ruhe!« schreit Mutter Alma.

Am nächsten Tag verlässt Inger ihr Elternhaus vor Anbruch des Tages. Sie fährt mit Edvard nach Oslo. Die Unterhaltszahlungen des Lebensbornheimes erlauben ihr die Anmietung einer kleinen Wohnung. Danach macht sie Erik in einer Osloer Waffen-SS-Division ausfindig. Er wird ein liebevoller Onkel und behandelt Edvard wie sein eigenes Kind.

Am 8. Mai 1945 kapituliert die deutsche Wehrmacht. Ganz Norwegen jubelt und feiert. Banden radikaler Jugendlicher zerren »Deutschenflittchen« – so werden Norwegerinnen, die eine Beziehung mit einem deutschen Militär eingingen, genannt – aus ihren Wohnungen. Auf offener Straße werden sie bespuckt, geschlagen und es werden ihnen die Haare abgeschnitten. Höhnisch grinsende und zustimmend in die Hände klatschende Nachbarn und Passanten unterstützen die Schläger bei der Erniedrigung der jungen Frauen und ermuntern sie, die Deutschenhuren aus Norwegen zu

vertreiben. Das alles beobachtet Inger aus dem Fenster ihrer Wohnung und denkt an die Worte Edvard Munchs. Ihrem Kind hat sie
doch seinen Vornamen gegeben.

Zweiter Teil

*

Ich heiße Edvard Nerhus, geboren am 30. August 1944 in einem Lebensbornheim bei Oslo. Die Vorgeschichte meiner Geburt habe ich am 30. August 1994, meinem 50. Geburtstag, erfahren. Bis zu diesem Tag hatte meine Mutter Inger, was meinen Vater anging, geschwiegen wie ein Grab.

Alles begann mit einem Weinkrampf. Ich hatte meine Mutter zu meinem Geburtstag nach Oslo eingeladen. Dort verdiente ich mein Geld als freischaffender Künstler und als Museumsführer in der Osloer Nationalgalerie. Da ich die deutsche Sprache beherrsche, war ich ein gefragter Führer, vor allem für Deutsche. Über Jahrzehnte hinweg führte ich Museumsbesucher durch die Räume der Nationalgalerie. Besonders gerne verweilten sie vor den Bildern von Edvard Munch, dem überragenden Interpreten des norwegischen Seelenlebens. Dadurch war ich geradezu gezwungen, mich mit dessen Werk auseinanderzusetzen, ja, mich in es einzuleben. Ich erklärte Tausenden von Menschen den »Lebensfries« von Edvard Munch, ohne zu wissen, dass meine Eltern schon 1942 in der Ausstellung »Kunst und Antikunst« gemeinsam vor diesen Bildern gestanden hatten.

Meine Mutter, die einsam und zurückgezogen in dem von meinen Großeltern geerbten Häuschen im Fischerdorf Støldal lebte, besuchte mich also anlässlich meines 50. Geburtstages. Ich nahm sie mit zur Nationalgalerie, um ihr meine Arbeitswelt zu zeigen. Vor dem Eingangsportal blieb sie wie erstarrt stehen:

»Was soll ich mit Kunst? Ich habe doch keine Ahnung davon!«

Mir zuliebe ging sie aber mit hinein. Als wir den Raum betraten, in dem der »Lebensfries« von Edvard Munch hing, sackte meine vierundsiebzigjährige Mutter wie vom Blitz getroffen in sich zusammen. Schließlich saß sie mitten im Raum auf dem Boden, ihr Gesicht in den Händen verborgen, und weinte in sich hinein. Sie machte sich so klein, dass der schmächtige Körper fast unter ihren langen grauen Haaren verschwand und sie aussah wie ein Haufen Asche. Ich dachte, es ginge mit ihr zu Ende. Mitten in dem prächtigen Raum ein wimmernder Aschehaufen – das war von ihrem Leben übriggeblieben.

Wärter eilten zu Hilfe und gemeinsam richteten wir sie wieder auf. Als wir sie in den Erste-Hilfe-Raum bringen wollten, wehrte sie ab und sagte mit schwacher Stimme: »Ich möchte nach Hause.«

Zurück in meiner Wohnung, beruhigte sie sich schnell wieder und versuchte mir den Grund ihres Zusammenbruchs zu erklären. Sie sagte mir, sie habe geglaubt, ihre Liebe zu meinem Vater sei längst erloschen, eine alte Frau kenne keine Liebe mehr! Doch als sie den »Lebensfries« von Munch gesehen, in Wirklichkeit wiedergesehen habe, sei in Sekundenschnelle ihre Vergangenheit wie in einem Film an ihr vorübergezogen und ihr sei bewusst geworden, dass sie meinen Vater immer noch liebe, und sie müsse, bevor sie ins Grab gehe, mir ihre Erlebnisse mit ihm anvertrauen. Das tat sie auch. Vom Spätnachmittag bis in die frühen Morgenstunden des 31. August 1994 hinein erzählte sie mir ihre Geschichte, bis in die kleinsten Einzelheiten und ohne jegliches Tabu. Befreit von der psychischen Last, die sie Jahrzehnte lang still in sich hineingefressen hatte, klärten sich ihre von Schwermut gezeichneten Gesichtszüge auf und sie sah so ungezwungen und heiter aus, wie ich sie noch nie erlebt hatte. Ein Jahr später starb sie.

Sie erzählte mir, sie habe sich meinem Vater immer in Liebe verbunden gefühlt, obwohl er sich, nachdem er 1944 Norwegen verlassen hatte, nie mehr bei ihr gemeldet hatte. Dass er nicht im Krieg gefallen war, sondern schon gleich nach dem Krieg Deutschland lebend erreicht hatte, erfuhr sie bereits 1946. Das Osloer Jugendamt schrieb ihr, ein Deutscher habe telefonisch mitgeteilt, er wolle die Alimente für sein mit ihr gezeugtes Kind bezahlen. Dabei hatte dieser Deutsche weder seinen Namen noch seine Adresse oder Telefonnummer hinterlassen. Er hatte dem Amt nur gesagt, er werde nochmals anrufen und im Fall, dass meine Mutter das Geld annehmen wolle, es direkt dem Amt überweisen. Meine Mutter bat das Amt, ihm bei seinem nächsten Anruf ihre Adresse mitzuteilen. Mein Vater rief später tatsächlich nochmals an und bekam die Adresse meiner Mutter. Er schrieb ihr aber nie. Daraus zog meine Mutter den Schluss, dass er sie vergessen wollte, sie vermutlich auch nicht mehr liebte. Er habe wahrscheinlich nur, als ein typischer Deutscher, seinen Pflichten als Vater nachkommen wollen.

Meine Mutter verzichtete schließlich auf die Alimente und zog mich ganz auf sich alleine gestellt auf. »Deutschenkinder« – so nannte man die von deutschen Besatzern mit Norwegerinnen gezeugten Kinder – waren in Norwegen noch lange Zeit nach dem Krieg schweren Diskriminierungen ausgesetzt. Um mir solche Diskriminierungen zu ersparen, verschwieg meine Mutter meine Herkunft väterlicherseits und gab mir ihren Nachnamen »Nerhus«. Alles Deutsche sollte von mir ferngehalten werden.

Nur mit Ach und Krach konnte meine Mutter für unseren Unterhalt aufkommen. Die meiste Zeit arbeitete sie als Küchenhilfe in einem Fischrestaurant am Osloer Hafen – als Fischerstochter hatte sie sonst nichts gelernt. Mein Onkel Erik nahm ihr viel Last ab, indem er auf mich aufpasste, während sie zur Arbeit ging. Er war die einzige männliche Bezugsperson in meiner Kindheit, so dass ich damals nicht recht zwischen Onkel und Vater unterscheiden konnte. Finanziell konnte er meiner Mutter leider nicht unter die Arme greifen. Als früherer Freiwilliger der Waffen-SS, also Kollaborateur der Deutschen, fand er nirgends eine richtige Arbeit.

Meinen Großvater habe ich nie gesehen. Er erteilte meiner Mutter und mir nicht nur Hausverbot, sondern Dorfverbot. »Nach Støldal kommt ihr nur über meine Leiche!« soll er gesagt haben. Dagegen durfte mein Onkel, obwohl er bei der Waffen-SS gewesen war, ihn nach dem Krieg regelmäßig besuchen. Meinem Großvater war es offenbar weitaus weniger zuwider, dass sein Sohn für die Deutschen gearbeitet hatte, als dass seine Tochter mit einem Deutschen ein Kind hatte. Jedenfalls steckte meine Großmutter, wenn mein Onkel sie im Fischerdorf Støldal besuchte, ihm jedes Mal heimlich Kuchen und ein paar Räucherfische für mich und meine Mutter zu. Erst nach dem Tod meines Großvaters erzählte sie meiner Mutter, dass der verhärmte Alte ein Foto von uns beiden zwischen den Seiten seiner auf dem Nachttisch liegenden Bibel versteckt hatte, das er immer, wenn er sich unbeobachtet wähnte, betrachtet habe. Aber vielleicht hat meine Großmutter das auch nur erfunden, um meine Mutter aufzuheitern.

Ich möchte hier noch nachtragen, was mit Leon passierte, nachdem mein Großvater ihn im Küstenwald abgesetzt hatte. Er überlebte und wurde nach dem Krieg als großer norwegischer Widerstandskämpfer, als Held der Nation gefeiert. Er dachte tatsächlich an sein Heiratsversprechen und suchte nach meiner Mutter. Eines Tages stand er vor unserer Wohnung in Oslo. Aber statt meiner Mutter einen Heiratsantrag zu machen, spuckte er ihr ins Gesicht. Ich erinnere mich noch, wie ich ihm als Sechsjähriger hinterher lief und so lange auf seinen Rücken spuckte, bis meine Mutter mich zurückhielt.

*

B is heute habe ich Gewissensbisse, wenn ich an meine Mutter denke, weil ich schon im zarten Alter von nur zehn Jahren von ihr weglief.

Als Kind wusste ich die Liebe meiner Mutter nicht zu schätzen. Ich kannte ja ihre Geschichte nicht und konnte deswegen ihre Art nicht verstehen. Sie zog sich oft in ihr abgedunkeltes Zimmer zurück und saß dort stundenlang in einem schwarzen Schaukelstuhl, den mein Onkel ihr auf dem Flohmarkt gekauft hatte, stierte stumpfsinnig vor sich hin oder schaute stumm aus dem Fenster, statt mit mir zu spielen. Als Kind bezog ich das immer auf mich und dachte, ich könne sie nicht froh machen. Aus diesem Grunde fiel es mir auch relativ leicht, sie zu verlassen. Jetzt, da ich weiß, wieviel sie zu leiden hatte, und wie sie dieses Leiden ganz alleine ertrug, bereue ich, dass ich sie im Stich ließ.

Ich hatte zunächst keinen Grund, von ihr wegzugehen. Niemand wusste ja, dass ich ein »Deutschenkind« war. Man behandelte mich auf der Schule anfangs sehr gut. Schlecht ging es dagegen einem Mädchen namens Marie Schmidt. Allein schon aufgrund ihres Namens wusste jeder, dass sie ein Deutschenkind war. Das Wort »Deutschenkind« flog ihr jeden Tag hundertmal ins Gesicht. Die Kinder bemerkten ständig, wie hässlich und dumm sie sei, obwohl das gar nicht stimmte. Sowohl ihr Aussehen als auch ihre Intelligenz unterschieden sich in keiner Weise von denen anderer Kinder. Es war nur dieser fremde Name, der ihr zum Unheil gereichte.

Ich gehörte zu den wenigen Kindern meiner Klasse, die sich nicht an dieser Hetzjagd beteiligten, aber ich half Marie lange Zeit auch nicht. Stattdessen beobachtete ich sie und ich war zuerst verblüfft und dann fasziniert, wie geduldig sie mit den Erniedrigungen umging. Nie hat sie protestiert, schon gar nicht geweint. Sie nahm alles ungerührt hin, wirkte aber von Tag zu Tag erschöpfter und sah manchmal aus wie eine müde alte kleine Frau.

Als Svein, der sich mit seinen Schmähungen Maries schon immer hervorgetan hatte, eines Tages damit anfing, ihr Haare auszureißen, verlor ich die Nerven. Ich packte ihn von hinten und warf ihn aus dem Klassenzimmer. Er lief direkt dem Lehrer, der gerade zum Unterricht kam, in die Arme. Svein sann auf Rache, aber der Lehrer hatte wohl den Braten gerochen und sorgte dafür, dass Svein mir an diesem Tag nicht zu nahe kam. So hatte er glücklicherweise zunächst keine Gelegenheit, seinen Plan in die Tat umzusetzen. Deshalb hasste er mich.

Zwei Wochen später stolzierte Svein erhobenen Hauptes ins Klassenzimmer und grölte: »Dieser Edvard ist auch ein Deutschenkind! Sein Vater ist ein Nazi. Er heißt Friedrich Lange!«

Mit roter Kreide schrieb er »FRIEDRICH LANGE« an die Tafel. Ich höre noch heute das »Buh«, das die Klassenkameraden damals ausstießen.

»Du Lügner! Verleumder!« brüllte ich ihn an.

»Frag deine Mutter, ob das stimmt! Sie weiß wohl, mit wem sie gefickt hat!« Svein grinste teuflisch. Die Klassenkameraden tobten vor Schadenfreude. Und ich weiß bis heute nicht, wie Svein den Namen meines Vaters herausbekommen hatte.

Nach der Schule ging ich bedrückt nach Hause. Meine Mutter war gerade beim Geschirr spülen.

»Mama, einer von der Klasse hat gesagt, ich bin ein Deutschenkind, mein Vater heißt Friedrich Lange«.

Der Teller fiel ihr aus der Hand und ich sah, wie sie krampfhaft zusammenzuckte und sich auf dem Spülbecken abstützen musste.

»Mama, stimmt das?! Stimmt das?!«

Endlich wandte sie sich mir zu:

»Lass dich nicht davon beeinflussen, Edvard. Was andere über dich reden, ist unwichtig. Wichtig sind nur deine Noten.«

In mir stieg die dunkle Ahnung auf, dass Svein Recht haben könnte, und ich begann, meiner Mutter zu misstrauen.

Die Schule wurde mir zur Hölle. Ich musste ebenso Spießruten laufen wie die arme Marie, nur war es noch viel brutaler. Die Mitschüler ritzten Hakenkreuze in meinen Tisch ein, sie schmierten Hakenkreuze in meine Schulbücher und Hefte. Manchmal legten sie auch Karikaturen auf meinen Tisch, wo ein Nazi sein Geschlechtsorgan in eine Frau steckt und darauf hatten sie geschrieben: »Wie Edvard Nerhus zur Welt kam.«

Aber ich wehrte mich nicht, ich erzählte es weder meiner Mutter noch den Lehrern. Erstens hätte mir das nicht geholfen, es wäre nur noch schlimmer geworden. Zweitens begann ich damals schon, mich innerlich zu meiner Herkunft zu bekennen. Statt mich zu schämen, wurde ich sogar neugierig auf Deutschland. Ich empfand einen gewissen Stolz, dass ich eine andere Herkunft hatte als die übrigen Kinder, dass ich etwas Exotisches in mir trug. Jedenfalls schwieg ich eines Tages nicht mehr, als Svein wieder einmal mit seinen Beschimpfungen über mich herzog. Ich fragte ihn sehr freundlich:

»Svein, du weißt doch einiges über meinen Vater. Du kennst seinen Namen und du weißt, dass er Nationalsozialist war. Aber bitte erzähl mir noch mehr von ihm. Ich bin sehr neugierig.«

Svein blickte mich verwundert an. Die anderen Schüler reckten ihre Hälse, um ja nichts zu verpassen.

»Na ja, ich denke mal, er ist genauso eine Missgeburt wie du!« stieß Sven nach langem Zögern aus.

Ein diabolisches Gelächter brach los. Ich fühlte mich aber nicht beleidigt. Vielmehr war ich enttäuscht, dass Svein offenbar nicht mehr über meinen Vater wusste.

Drei Tage später stürmte Svein ins Klassenzimmer.
»Edvard, dein Vater kommt dich besuchen!«

Mir stockte der Atem.

Es war nicht mein Vater. Es war Christian, ein Mitschüler. Er hatte eine Wehrmachts-Uniformjacke an, die fast bis zum Boden reichte, und eine Schirmmütze, die schief von seinem Kopf herunterhing. Unter seiner Nase prangte das Hitlerbärtchen.

»Wie sehr ich dich vermisse, Edvard!« rief er und kam mit ausgebreiteten Armen auf mich zu.

Gerade in diesem Moment rannten weitere Schüler herein, »schlugen« auf ihn ein, »schossen« auf ihn mit ihren zu Pistolen geformten Händen. Er schrie »Hilfe! Hilfe!«, fiel rücklings zu Boden und »starb«, seine Zunge hing ihm aus dem Mund.

»Nazi tot! Lang lebe Norwegen!« triumphierten die Schüler über die »Leiche«.

»Tut mir leid, Edvard. So was passiert eben, wenn ein Nazi norwegischen Boden betritt.« Svein zuckte mit den Achseln.

Die Wut machte mich blind. Ich stürzte mich auf ihn, drückte ihn zu Boden, schlug so schnell hintereinander in sein Gesicht, dass er nicht einmal einen Laut von sich geben konnte. Aus seiner Nase schoss Blut.

»Das ist die Rache deines Gewissens!« schrie ich und durchstieß den um uns gebildeten dichten Zuschauerring in Richtung Tür. Neben der Tür sah ich Marie stehen. Sie hatte ihren Rücken fest an die Wand gepresst, als sei sie da angewachsen, und blickte mich stumm an. Zum ersten Mal sah ich, wie sie weinte.

Ich rannte nach Hause und sperrte mich in mein Zimmer ein.

»Was ist passiert, Edvard? Wieso bist du so früh nach Haus gekommen?« Meine Mutter schlug gegen die Tür. Ich ging aber nicht aus dem Zimmer.

Zwei Stunden später hörte ich die gedämpften Stimmen meines Lehrers und meiner Mutter draußen im Wohnzimmer. Als ich die Tür aufmachte, waren beide schon weg.

Erst in der Nacht kam meine Mutter zurück. Zum ersten Mal in meinem Leben ohrfeigte sie mich:

»Du hast Sveins Nase gebrochen! Er liegt im Krankenhaus und ich muss alles bezahlen! Ich habe es schon schwer genug! Wieso machst du alles noch schwieriger für mich?!«

Sie sank auf den Stuhl, ihre Ellbogen auf den Knien, das Gesicht in den Händen vergraben. Ihre langen roten Haare reichten bis zum Boden.

»Er hat meinen Vater getötet!«

Sie rührte sich nicht. Sie saß so regungslos da, dass sie mir vorkam wie ein auf dem Stuhl befestigtes, sich auf rote Haare stützendes Ding. Ich wollte ihr schildern, was für ein »Theater« Svein in der Schule aufgeführt hatte, aber die Brutalität dieses Theaterstücks übertraf meine Sprachfähigkeit, ich brachte kein Wort über die Lippen.

Schließlich fragte ich sie: »Mama, sag mir, heißt mein Vater wirklich Friedrich Lange? Bitte, ich will die Wahrheit wissen!«

Die Haare hoben sich vom Boden und fielen wieder auf ihn zurück, drei vier Mal. Das war ein Nicken.

»Wo ist er? Lebt er noch? Will er mich nicht sehen? Hat er kein Herz?«

Keine Regung.

»Wo aus Deutschland kommt er her? Das weißt du doch!«

»Berlin«, kam es gepresst aus den Haaren.

»Mama, lass uns nach Berlin gehen und ihn suchen, bitte!« Ich kniete vor ihr und versuchte, sie bei den Händen zu fassen. Doch sie gab ihre Hände nicht frei.

»Du machst mich nur noch krank.«

»Aber warum nur, Mama? Warum suchst du ihn nicht?«

»Ich WILL das nicht! Verstehst du?!« Schreiend warf sie den Kopf nach hinten, so dass ich ihr Gesicht sehen konnte: ein verquollenes gequältes um Jahre gealtertes Gesicht, mit violett unterlaufenen geröteten Augen. Für den Bruchteil einer Sekunde sah ich in ihr ein Stück Wild, das ich erjagt hatte.

»Aber ICH!« brüllte ich so laut und verzweifelt, als würde es um Leben und Tod gehen.

Ruckartig erhob sie sich und lief in ihr Schlafzimmer.

*

I ch ließ mich für drei Tage krankschreiben. Ich lag im Bett und in mir reifte ein Plan. Ich weiß heute noch nicht, wie ich damals, mit nur zehn Jahren, die wichtigste Entscheidung meines Lebens treffen konnte. Ich erinnere mich nur, wie die Vorstellung, meine Mitschüler, insbesondere dieses böse Gesicht von Svein, nochmals zu sehen, mir graute. Mir war klar, dass ich nach meiner Missetat nicht mehr in die Schule zurückkehren konnte, wahrscheinlich auch in Norwegen nichts mehr zu suchen hatte.

Am Morgen des vierten Tages küsste ich meine Mutter fest auf die Wange, schwang mir den Ranzen über die Schulter und ging weg. Ich ging aber nicht zur Schule, sondern zum Osloer Hafen. Ich kannte die Gegend gut, da meine Mutter in einem Fischrestaurant in der Nähe arbeitete und sie nach der Arbeit oft mit mir dort spazieren ging. Ich lief den Kai entlang und fand eine Anlegestelle, an der gerade ein großes Fährschiff festmachte. Am Laufsteg war ein Schild befestigt. »Oslo – Hamburg« stand darauf. Das war mein Schiff! Ich mischte mich unter die aussteigenden Fahrgäste und lief kurzerhand über den Laufsteg an Bord, wurde aber durch einen Steward aufgehalten.

»He, zeig mir deine Fahrkarte!«

»Ich...ich wollte mir das Schiff nur angucken. Ich bin neugierig.«

»Angucken kostet auch Geld. Zwei Kronen.«

»Ich geh sofort zu meiner Mutter Geld holen. Wann fahren Sie weg? Nach Hamburg schätze ich?«

»Ja, um 16 Uhr fahren wir zurück nach Hamburg.«

Ich hatte keine einzige Krone dabei. Ich wollte auch nichts mitnehmen, was mich an Norwegen erinnerte. So schlich ich die ganze Zeit um das Schiff herum, bis ich einige große Mülltonnen mit der Aufschrift »Oslo – Hamburg« entdeckte. Ich sah mich um, war sicher, dass keiner mich beobachtete und kletterte in eine Tonne. Es stank furchtbar da drin, aber das störte mich nicht weiter. Ich sah mich vor dem großen Aufbruch, auch wenn das in einer Mülltonne war!

Als man die Tonne aufs Schiff schob, hatte ich das Gefühl, bald explodiere mein Herz. Ich versuchte mich mit dem Gedanken zu beruhigen: selbst wenn ich erwischt werde, bin ich ja höchstens ein blinder Passagier, das ist doch nichts Schlimmes! Irgendwann blieb die Tonne stehen. Ich hörte hektische Schritte, das Klappern von Geschirr und Stimmengewirr. Durch den Spalt, den der verbogene Mülltonnendeckel freigab, drang der Geruch angebrannter Zwiebeln, gekochter Kartoffeln und gegrillter Fische. Also war ich in der Nähe der Kombüse. Dann hörte ich das Signalhorn des Schiffs und spürte, wie wir ablegten. Es gab kein Zurück mehr!

Ich weiß nicht, wie lange ich in der Tonne kauerte. Jedenfalls verstummte irgendwann das Geräusch und das Licht ging auch aus. Ich kletterte aus der Tonne, streckte meine Beine und suchte mir in der Dunkelheit etwas zu essen. Aber außer einem Laib Brot fand ich nichts. Ich brach ein Stück ab und Brot kauend schaute ich durch das Bullauge der Kombüse.

Es war sehr dunkel. Die Nacht hatte Himmel und Meer mit blauschwarzer Farbe übergossen. Alle Sterne des Himmels fanden sich im Meer wieder, so dass es zwischen oben und unten keinen Unterschied mehr gab. Wie ein Komet zog das Schiff seine Bahn durch das Sternenmeer.

Plötzlich tat sich ein Horizont auf, der Meer und Himmel schied. Immer heller und breiter wurde der Lichtstreifen. Das Meer gebar den Mond. Die blauschwarze Farbe floss hinter dem Mond ab und das Meer färbte sich ultramarin-violett. Der noch im Meer hängende Mond legte eine feste Lichtbahn auf das Wasser, die direkt auf mich zu führte. Je höher der Mond stieg, um so breiter wurde die Lichtbahn. Endlich stand der Mond in seiner vollen Größe über dem Wasser und setzte den jetzt aufkommenden kleinen Wellen goldene Krönchen auf. So strahlend, so rund war der

Mond, wie die Augen meiner Mutter. Blickt etwa sie mich an? Hat sie ihre Seele dem Mond anvertraut? Weiß sie, wo ich bin?

Während des stillen Dialogs mit meiner Mutter war in meinem Mund ein salziger Schwamm entstanden. Das Stück Brot, das ich die ganze Zeit über zwischen meinen Schneidezähnen hielt, hatte meine Tränen aufgenommen.

Plötzlich ging das Licht an und blendete mich. Ich hörte seine Schimpfkanonade noch bevor ich ihn sah: einen großen Mann mittleren Alters in schwarzer Uniform, wahrscheinlich die Nachtwache. Als er merkte, dass ich seine Beschimpfungen nicht verstand, begann er Norwegisch zu sprechen:

»Du kleiner Langfinger! Wo sind deine Eltern? Wo bleibt deine Kinderstube?«

Ich gab keine Antwort.

»Du willst mir nicht verraten, wer deine Eltern sind, he? Gut, dann gehen wir zur Schiffswache.«

Er zog an meinem Ärmel und zerrte mich zur Tür: »Oje, du bist nicht nur ein Dieb, du stinkst auch noch wie eine Sau.«

»Bitte, ich will nicht zur Wache, bitte!«

»Entweder wir gehen zu deinen Eltern, oder wir gehen zur Wache. Die Wahl hast du!«

»Sind Sie Deutscher?«

»Ja, warum fragst du?«

»Ich will nur nach Deutschland, sonst will ich nichts. Das Brot habe ich geklaut, weil ich wirklich Hunger hatte. Ich klaue nichts mehr. Das verspreche ich Ihnen. Bitte, lassen Sie mich nach Deutschland fahren.«

»Du bist von zuhause weggelaufen, stimmt's?«

Ich nickte.

»Gut. Dann müssen wir erst recht zur Wache gehen.« Er zog wieder an meinem Ärmel.

»Die schicken mich nach Hause. Ich will aber nach Deutschland! Ich will zu meinem Vater!«

Er ließ mich los und blickte mich ernst an: »Ist dein Vater Deutscher?«

Ich bejahte.

»Und deine Mutter Norwegerin?«

Ich nickte wieder.

»Wie heißt dein Vater?«

»Friedrich Lange.«

Er schürzte die Unterlippe und schüttelte den Kopf: »Kenne ich nicht.« Das hatte ich auch nicht erwartet.

»Und du bist ganz alleine hier, deine Mutter ist nicht mitgekommen?«

»Sie will nicht!« schrie ich.

»Verstehe.« Er seufzte, griff sich einen Hocker und setzte sich vor mich hin, um mit mir auf gleicher Augenhöhe zu sein.

»Wie bist du denn überhaupt auf das Schiff gekommen?«

Ich zeigte auf die Mülltonne. Er brach in gurgelndes Lachen aus, hielt aber plötzlich inne: »Ich verstehe alles. Du brauchst mir gar nichts zu erzählen. Ich war selbst Matrose in Norwegen, in Trondheim, kennst du? Einige ehemalige Kameraden von mir haben auch Kinder mit Norwegerinnen. Nach dem Krieg haben alle es schwer, der Mann, die Frau und das Kind, das weiß ich ganz genau.«

Ich hätte ihn am liebsten umarmt, dachte aber rechtzeitig an meine nach Müll stinkende Kleidung.

Er brachte mich in seine Dienstkabine, gab mir belegte Brötchen zu essen, säuberte meine Jacke und Hose, ließ mich duschen und in seinem Bett schlafen. Am nächsten Tag, nach unserer Ankunft in Hamburg, begleitete er mich bis zum Hafenausgang und steckte mir noch einen Fünf-Mark-Schein in die Tasche.

»Das ist alles, was ich für dich tun kann, du abenteuerlustiger Bub. Ich hätte dir gerne geholfen, deinen Vater zu suchen. Aber ich will mich mit dieser ganzen Geschichte nicht mehr beschäftigen. Das macht nur meine Nerven kaputt. Ich habe auch keine Zeit dafür.«

Ich verstand damals nicht recht, was er mit der »nervenkaputtmachenden Geschichte« meinte. Das war mir auch unwichtig. Ich war diesem Mann so dankbar, dass ich mir für einen Moment vorstellte, er wäre mein Vater.

*

Es war früh morgens, als ich in Hamburg ankam. Auch wenn das der aufregendste Moment in meinem Leben bis dahin gewesen sein musste, weiß ich heute nicht mehr genau, was ich damals sah. Die Stadt interessierte mich auch gar nicht. Ich hatte nur Berlin im Sinn! Was viel stärker als das Gesehene in meiner Erinnerung blieb, ist das Gefühl, in dem überwältigenden Gewimmel und Getümmel am Hamburger Hafen fast erstickt zu sein. Die Kräne, die wie die Arme von Riesenmonstern in den Himmel griffen und ihre Beute mit eisernen Klauen krallten; dann die Schiffe und Boote, die kreuz und quer auf dem Wasser lagen wie erlegte Tiere. Alles nahm mindestens das zehnfache Ausmaß dessen an, was ich am Osloer Hafen gesehen hatte. Diese plötzliche Vergrößerung von allem und jedem um mich herum versetzte mich in eine lähmende Ohnmacht. Andererseits wirkte es auch beruhigend auf mich. Denn ich kam mir im Gegensatz dazu noch kleiner vor als ich ohnehin schon war, und ich hatte das Gefühl, dass ich in diesem Riesenland Deutschland sehr gut würde untertauchen können.

Mit einer mir heute unfassbaren Kühnheit fand ich meinen Weg zu dem LKW-Parkplatz direkt neben den Frachtschiffen am Hafen. Der nette Wachmann auf dem Schiff hatte für mich diese Sätze in Deutsch auf einen Zettel niedergeschrieben: »Ich bin taubstumm. Ich möchte nach Berlin zu meinen Eltern. Nehmen Sie mich bitte mit. Ich wiege nur 20 Kilo.«

Ich hielt diesen Zettel in der einen Hand und den Fünf-Mark-Schein in der anderen und stellte mich in dieser Weise jedem Fahrer vor. Kopfschütteln bei den meisten – sie fuhren vermutlich auch nicht nach Berlin. Mäkeln bei den anderen – sie können offenbar nicht lesen, dachte ich. Einer geriet gar völlig außer sich. Er keifte ausgiebig und spuckte dann noch das Wort »Polizei« aus. Was für ein Schreck! Ich machte mich sofort aus dem Staub.

Ich versteckte mich hinter einem großen Lastwagen und hielt eine Zeitlang Ausschau, ob der Böse mich verfolgte. Da sah ich, dass die Tür an der Fahrerseite einen Spalt offenstand. Bei diesem Fahrer hatte ich noch nicht angefragt! Ich ging zur Fahrertür, klopfte und hielt meinen Zettel hoch. Der Fahrer streckte seinen Kopf aus der Tür.

So winzige Augen! So eine flache Nase! Der Zettel fiel mir vor Schreck aus der Hand. Ich schrie beinahe, hätte ich mich nicht rechtzeitig daran erinnert, dass ich »taubstumm« bin. Das war ein Asiat. Der allererste, den ich in meinem Leben sah!

Er stieg aus – ich glaube, er war kaum einen Kopf größer als ich – und hob den Zettel auf. Den las er sehr genau. Dann lachte er und hob mich auf einmal in den Himmel hoch, als wolle er prüfen, ob ich wirklich nur 20 Kilo wog. Ich verstand nicht, wie so ein kleiner Mann eine solche Kraft haben konnte. Als er sich anscheinend von meinem geringen Gewicht überzeugt hatte, stellte er mich wieder auf den Boden und führte mich zum Beifahrersitz. Dann zeigte er mit dem Finger zuerst auf sich und dann auf das Wort »Berlin« auf dem Zettel. Ich verstand, dass er nach Berlin fahren und mich mitnehmen wollte. Ich hüpfte sofort auf den Beifahrersitz.

Wir fuhren los. Zunächst faszinierte mich die Umgebung weniger als das merkwürdige Gesicht meines Fahrers. Ich konnte meinen Kopf kaum davon abwenden. Diese Augen, kaum breiter als ein Spalt, kann er damit überhaupt was sehen? Diese Flachnase wie eine zerdrückte Knoblauchzehe. Diese gelbliche wie Packpapier wirkende Haut, als wäre er krank. Dann diese zierlichen Hände auf dem Lenkrad, viel zierlicher noch als die Hände meiner Mutter – es war mir ein Rätsel, wie diese zarten Hände so einen großen Wagen lenken konnten. Er spürte meinen Blick, wandte sich mir immer wieder lächelnd zu. Irgendwann legte er eine Packung Kekse auf meinen Schoss. Unleserliche Zeichen auf der Verpackung, keinesfalls Deutsch. Der Geschmack? Aus der heutigen Sicht wahrscheinlich Ananas, damals schmeckten sie mir so gut, dass ich fast alle auf einmal aß.

Ich blickte aus dem Fenster. Genauso wie eben die Flachheit des Gesichts des Fahrers mich erstaunt hatte, wunderte ich mich jetzt über die Weiten der Ebene. Wo waren die in die Wolken ragenden Berge, ihre geheimnisvollen Verschachtelungen und Überschneidungen, die sich durch sie schlängelnden und windenden verwinkelten Wege, die tiefen Täler, die Fjorde und Wasserfälle? In alle Richtungen ungebremster Weitblick bis hin zum Horizont. Nur selten tauchte in der Ferne eine Hügelkette auf, aber so niedrig, dass sie eher wie ein sich auf der Ebene windendes Würmchen, nicht wie ein wuchtiges Bergmassiv aussah. Am lächerlichsten war noch die Sonne, sie hing so kränklich schwach und blass in dem herbstlichen Dunst, als läge sie in den letzten Zügen und würde gleich für immer verlöschen.

»Habe ich Norwegen verlassen, um in dieser Ödnis zu landen?« fragte ich mich selbst.

Wir passierten eine Straßenkontrolle und mein Fahrer musste sich ausweisen. Außerdem wurde unser LKW durchsucht. Mit Spiegeln wurde sogar die Unterseite des LKW inspiziert. Ich begriff nicht, warum man im eigenen Land so streng kontrolliert wurde. Weil mein Fahrer ausländisch aussah? Ich schenkte den Uniformierten keine weitere Aufmerksamkeit und nickte irgendwann ein.

Als ich wieder wach wurde, waren wir bereits in Berlin. Mein Fahrer setzte mich am Bahnhof Zoo ab, war beleidigt, als ich den Fünf-Mark-Schein in seine Hand drücken wollte. Als er davonfuhr, schaute ich seinem Wagen noch lange nach. Ich war ihm genauso dankbar wie dem Wachmann auf dem Schiff, stellte ihn mir aber nicht als meinen Vater vor. Mein Vater würde ja garantiert anders aussehen!

Es war Abend geworden. Die Luft hatte sich merklich abgekühlt. Mich fröstelte. Die Geschäfte waren geschlossen, nur am Bahnhof Zoo herrschte rege Betriebsamkeit. Ich trieb mich um das Bahnhofsgebäude herum in der Hoffnung, ein warmes Plätzchen zu finden, wo ich übernachten konnte. Im Bahnhofsinneren fand ich leider keine freie Bank, auf die ich mich hätte legen können. Schließlich entdeckte ich einen Obdachlosen vor dem Hintereingang.

Er saß im Schneidersitz auf einem Stück Karton. Verschlissene dicke Decken schützten ihn vor der Kälte. Er hatte einen Blechbecher vor sich auf den Boden gestellt, verträumt schaute er den Vorübergehenden nach (heute weiß ich, dass er weniger verträumt als vielmehr besoffen in die Gegend stierte). Ich ging mehrmals an ihm vorüber, bis ich mich einfach schamlos neben ihn niederhockte. Er blickte mich verwundert an, beschwerte sich aber nicht. Bald muss er bemerkt haben, dass durch meine Gesellschaft immer mehr Münzen in seinen Blechbecher kamen. Irgendwann rückte er näher an mich heran, zog eine Decke über mich, und ich schlief ein, ob auf dem Boden oder auf seinem Schoss, das weiß ich nicht mehr. Selbstverständlich stank er, aber ich hatte vorher schon die Mülltonne überlebt!

*

Am nächsten Morgen, in der Dämmerung, weckte mich mein Straßenkompagnon. Er musste gehen. Eine dünne Decke spendierte er mir noch. Ich rappelte mich hoch und machte mich ebenfalls auf den Weg.

Unfassbar, wie viele Kriegsruinen es damals, im Jahr 1954, in Berlin noch gab, und das um den Bahnhof Zoo herum! Trümmerschutt, durch die tödliche Hitze der Bombenfeuer verbogene schwarze Stahlgerippe ehemaliger Wohnhäuser, Mauerreste, die der zerstörerischen Kraft der Sprengbomben gerade noch standgehalten hatten, leere Fenster, durch die statt Menschen, jetzt die Sonne auf die Straße blickte, Luftminen hatten den Wohnblöcken die Augen weggeblasen. Der Gedanke, dass mein Vater unter einer dieser Ruinen oder hinter einer dieser Mauern liegen könnte, ließ fast mein Herz stillstehen. Ich konnte den Anblick dieser elenden Zerstörungen nicht mehr ertragen und versuchte sie zu ignorieren.

Der Ku'damm erwachte gerade zum morgendlichen Leben. Autos und Straßenbahn fuhren ein. Schaukästen und Ladenschilder wurden geputzt. Fein angezogene Damen blieben neugierig davor stehen. Und aus all dieser Normalität der Metropole ragte der ausgezehrte Torso der Kaiser-Wilhelm-Gedächtniskirche hervor, die Verwundete, geköpft und ausgeweidet. Je länger ich diese Ruine betrachtete, desto mehr fühlte ich mich wie ihr menschliches Gegenstück – schließlich hatte ich zwei Nächte nicht richtig geschlafen. Und jetzt, da ein scharfer Wind aufgekommen war, wurde mir richtig kalt. Ich bestimmte die Sitzbank an der Straßenbahnhaltestelle vor der Gedächtniskirche als meine vorläufige Bleibe. Mit angezogenen Knien rollte ich mich auf der schmalen Bank zusammen, die dünne Decke über mir. Ich ließ nur einen schmalen Sehschlitz offen. So kauerte ich frierendes müdes Häuflein unter der Gedächtniskirche.

Im Versuch, gegen meine Erschöpfung anzukämpfen, geriet ich in einen somnambulen Zustand zwischen Wachen und Schlafen.

Der Wind pfiff ohne Unterlass durch die Kirchenruine. Dieses an- und abschwellende Pfeifen nahm mich mit, griff sich meinen Atem, so dass ich nicht mehr wusste, ob ich noch selbst atmete oder ob der Wind meine Bronchien und Lungen wie Orgelpfeifen bespielte.

Von den Orgelklängen getragen, träumte ich mich in die Carl-Johan-Straße, die Hauptstraße Oslos, und beobachtete durch meinen Sehschlitz die Beine und Füße der Vorübergehenden. Ein wahnsinniges Durcheinander von Schuhen, Hosenbeinen, Rock- und Mantelsäumen und im Hintergrund Rädern. Von Zeit zu Zeit blieb ein Paar Schuhe stehen, um die Schuhspitzen bedrohlich auf mich zu richten. Waren das nicht die Schuhe meiner Mutter? Sie kamen direkt auf mich zu. Plötzlich wurde die Decke von mir gerissen und eine Frau rief:

»Georg, Georg...«

Ich dachte, das hieße »Guten Tag«, hob meinen Kopf und über mir stand eine vornehme alte Frau im Pelzmantel. Sie sagte etwas zu mir. Doch als sie feststellte, dass ich »taubstumm« war, entfernte sie sich und kam mit einem jungen Mann wieder. Er sah ihr so ähnlich, dass er fraglos ihr Sohn war. Der Mann betrachtete mich abschätzig und schien sich mit seiner Mutter zu streiten. Dann ging er zu einer Telefonzelle.

Kurz darauf erschien ein Polizist. Er schien mich etwas zu fragen, und als ich wie betäubt auf meiner Bank sitzen blieb, nahm er mich auf den Arm und setzte mich zwischen die Frau und ihren Sohn auf die Rückbank des Polizeiwagens.

In dem brausenden Wind hatte keiner die von mir ausgehenden Gerüche wahrgenommen, aber hier im engen warmen Polizeiwagen muss ich einen ekelhaften Gestank von mir gegeben haben, schließlich hatte ich mich seit meiner Ankunft in Hamburg nicht waschen können. Jedenfalls hielt sich die Frau ihr vornehmes Taschentuch vor Nase und Mund und drohte fast zu ersticken, und ihr Sohn drückte seine beiden Nasenflügel zusammen und wandte sein Gesicht von mir ab. Mir war gerade ein wenig warm gewor-

den, da kurbelten die beiden vorn sitzenden Polizisten die Seiten-
fenster herunter, um den Gestank zu beseitigen.

Ich saß wieder im Wind, diesmal ohne schützende Decke, zog
die Füße unter mich auf den Sitz und machte mich so klein ich nur
konnte. Der Fahrtwind kühlte mich vollständig aus, ich fühlte mich
so hilflos und leer, dass mir alles egal war. Schließlich nahm mich
Morpheus in seine Arme und trug mich weit übers Meer zurück
nach Oslo. Ich flog über die Stadt und landete sanft auf dem von
Kindern bevölkerten Schulhof meiner Schule. Da sind ja auch Svein
und Marie…und Mama, sie lachen. Lachen sie miteinander oder
lachen sie mich aus? Nein, sie lachen nicht über mich, sie sind so in
ihr Spiel vertieft, dass sie mich gar nicht bemerkt haben. Gerade
laufe ich mit ausgebreiteten Armen auf meine Mutter zu, als eine
laute Stimme mich dem Schlaf riss.

Ich hing auf einem harten Holzstuhl auf der Polizeiwache, vor
mir zwei bullige Polizisten. Ich konnte sehen, dass sich ihre Arme
und Unterkiefer bewegten wie bei Marionetten. Aus ihren Mün-
dern kamen dumpfe, ratternde Geräusche. Mir wurde angst und
bange, doch es gelang mir, keinen Ton von mir zu geben – ich wollte um keinen Preis meine norwegische Herkunft preisgeben!

Schließlich legten sie mir einen Zettel vor und ich verstand, dass
sie meinen Namen wissen wollten. Ich schrieb »Friedrich« – den
einzigen mir bekannten deutschen Vornamen, und »Schmidt« –
den Namen, den ich von der armen Marie her kannte. Ich wurde
erkennungsdienstlich behandelt, das heißt ich wurde fotografiert
und schließlich in die Kindernotdienststation gebracht. Dort wartete ich, Friedrich Schmidt, einen Monat auf eine Nachricht meiner
nicht existierenden Eltern.

Die alte Dame im Pelzmantel – sie hieß übrigens Frau Lehmann
– sorgte dafür, dass ich, nachdem sich kein Angehöriger des zehn-
jährigen »Friedrich Schmidt« bei der Kindernotdienststation gemeldet hatte, in ein Kinderheim kam, das von Frau Herzog, der
Witwe eines Berliner Industriellen, gegründet worden war. Nicht
nur das, sie ließ ihren Sohn mich fast jedes Wochenende im Kin-

derheim abholen und zu ihrer Wohnung in Charlottenburg fahren. Sie zwang ihren Sohn sogar dazu, mein Vormund zu werden, obwohl er nicht besonders scharf darauf war. Ihre Hilfsbereitschaft war mir anfangs ein Rätsel. Erst später, als ich Deutsch gelernt hatte und nicht mehr den Stummen spielen musste, erzählte sie mir die folgende Geschichte:

»Wir versteckten uns im Keller, als draußen die Bomben fielen. Irgendwann hörten die Detonationen und das Beben der Wände auf, und wir vernahmen die Lautsprecherstimmen: ›Der Krieg ist vorbei! Hitler ist tot!‹ Mein Enkel Georg – er war erst neun Jahre alt – war neugierig und ging als erster aus dem Keller auf die Straße. Er kam nie mehr zurück. Ich suchte überall nach ihm, Tag und Nacht. Dann sah ich dich an der Straßenbahnhaltestelle. Du sahst ihm so ähnlich, dass ich dich mit ihm verwechselt habe.«

»Aber Frau Lehmann, der Krieg war schon neun Jahre vorbei, als Sie mich dort vor der Gedächtniskirche fanden. Da müsste Georg schon achtzehn gewesen sein und viel älter ausgesehen haben als ich!« gab ich zu Bedenken.

»Ja, das ist mir später auch irgendwann eingefallen. Aber damals dachte ich direkt: na, da sitzt der Georg doch!« Ihre Augen funkelten verschmitzt.

*

Erst Jahrzehnte später, an meinem 50. Geburtstag, erzählte mir meine Mutter, dass sie bereits im Sommer 1955, knapp ein Jahr nachdem ich von ihr weggelaufen war, nach Berlin gekommen war. Damals hatten die ersten Norweger die Kriegstraumata überwunden und reisten als Touristen nach Deutschland. So kam auch meine Mutter mit einer Reisegruppe nach Berlin. Sie stand damals wahrscheinlich an derselben Stelle vor der Kaiser-Wilhelm-Gedächtniskirche wie ich, gehörte diese Ruine doch zum Besichtigungsprogramm jedes Berlin-Besuchers!

Während ihre Mitreisenden durch den Berliner Zoo bummelten, machte sich meine Mutter auf die Suche nach einem typischen deutschen Restaurant. In der Kantstraße stieß sie auf das Lokal »Zum Schultheiss«. Als sie eintrat, wurde sie sogleich von einer stinkenden dichten Rauchschwade umnebelt: Zigarettenqualm. Es roch nach Zigaretten und Bier, nur nicht nach Essen. Im Schallplattenautomaten drehte sich gerade eine Scheibe mit deutscher Volksmusik. Meine Mutter wollte schon kehrtmachen. Da hörte sie das Klappern von Geschirr und sah, dass an einem Tisch vor ihr Bratwürste mit Salzkartoffeln und Grünkohl serviert wurden. Hier war sie richtig. Sie nahm an einem Tisch mit zwei Stühlen Platz, und schon kam ein Kellner und nahm ihre Bestellung auf. Meine Mutter zeigte auf der Getränkekarte, was sie haben wollte. Der Kellner wurde ganz konfus durch ihre Bestellung und dachte, sie sei verrückt geworden.

Schließlich brachte er ihr einen Kaffee, einen Tee, einen Berliner Sprudel, einen Berliner Apfelsaft, ein helles und ein dunkles Berliner Schultheiss-Bier und zwei Berliner Weiße, eine rote mit Himbeer- und eine grüne mit Waldmeistergeschmack – sie hatte einfach alle Getränke bestellt, in denen das Wort »Berlin« vorkam. Einen Berliner Wein gab es leider nicht, sonst hätte sie auch den bestellt.

Also richtete sie ihr privates Getränkebüffet her und trank alles wild durcheinander. Die Leute an den Nachbartischen wunderten sich zuerst. Doch dann entzündete sich an dieser verrückten jungen Frau ihr Humor. Sie hoben die Gläser und riefen:

»Hoch die Tassen...« und »Prost Prost Kamerad...«

Meine Mutter musste selbst mitlachen und hätte darüber fast vergessen, warum sie all das bestellt hatte: sie wollte meinem Vater ganz nahe sein und das Nass dieser Stadt schmecken, das meinen Vater labte, wenn er durstig war. »Vielleicht trinkt er gerade jetzt das Gleiche wie ich!« ging es meiner Mutter durch den Kopf.

In all der Begeisterung und dem Jubel, den meine Mutter im »Schultheiss« ausgelöst hatte, war sie gar nicht dazu gekommen, etwas zu essen zu bestellen. Sie sah sich bei ihren Tischnachbarn um. Ein älterer Herr war gerade eifrig dabei, eine Scheibe Kasslerbraten mit Sauerkraut und Kartoffelknödeln zu vertilgen. So etwas hatte sie öfters gemeinsam mit meinem Vater in seiner Kaserne gegessen, das war sogar eine seiner Leibspeisen. Das bestellte sie. Der Kellner brachte ihr eine besonders ansehnliche Portion. Als ihr der typische Pökelgeruch des Fleisches in die Nase stieg, wurde ihr schon mulmig zumute. Nachdem sie aber ein Stück Fleisch in den Mund genommen hatte, trieb die Geschmackserinnerung sie in eine Gefühlsaufwallung, die sich in einem Schwall von Tränen Bahn brach. Statt ihn zu essen, benetzte sie den Kassler mit ihren Tränen.

»Dass ein Kassler so rührend sein kann, dass er eine junge Frau zum Weinen bringt«, lallte ein über dem Nachbartisch hängender Trinker in den jetzt ganz stillen Gastraum.

Meine Mutter weinte still vor sich hin. Die Ellbogen auf den Tisch gestützt, lag der Kopf in ihren Händen. Sie hatte ihre Haare regelrecht über den Tisch gegossen, so dass man glauben konnte, dort läge eine Frau in ihrem Blut.

Nach und nach bildete sich ein Ring von Zuschauern um sie und redete auf sie ein. Sie fühlte sich leer und verloren unter diesen

Menschen, die sie nicht verstand und in dieser Stadt, die sie nicht kannte. Aus ihren Tiefen tauchten längst verloren geglaubte Erinnerungen an Friedrich auf. Er hatte sie verlassen. Ist er jetzt irgendwo in Berlin? Würde sie ihn jemals wiedersehen? Endlos lang zogen sich die Minuten, in denen sie sich ihrer selbst zu vergewissern suchte. Warum bin ich eigentlich hier? Warum bin ich eigentlich hier?

Ihre Gedanken kreisten nur um diese Frage und fanden keinen Halt. Stumm und ratlos standen die Zuschauer in der rätselhaften Leere, die meine Mutter um sich verbreitete. Was hatte es mit dieser seltsamen Rothaarigen auf sich? Da schlich sich in die Stille ein ferner Glockenklang: ein Uhr Mittag. Das brachte sie zurück in die Gegenwart. Eine innere Unruhe ergriff sie, sie hatte doch heute, am Tag vor ihrer Rückkehr nach Oslo noch etwas vor. Als sie ihren Kopf aufrichtete, wich die Zuschauerschaft sogleich zurück, und der Lärm der Gastwirtschaft hob wieder an. Der Kellner eilte herbei, um zu kassieren.

Ohne das Essen noch einmal anzurühren, bezahlte meine Mutter die Rechnung und verließ rasch das Lokal. Sie lief zu einem nahegelegenen Taxistand.

»Zum Einwohnermeldeamt im Rathaus Berlin-Wannsee«, sagte sie zu dem Taxifahrer. Diesen Satz hatte mein Onkel Erik ihr beigebracht.

Das Taxi brachte sie zu dem alten Backsteinbau und der zuvorkommende Taxifahrer führte sie zum Warteraum, in dem sie sich eine Wartenummer geben ließ und auf einen der klapprigen Stühle setzte.

Ungefähr zwanzig Wartende saßen dort schon. Zum Zweck der Blickkontaktvermeidung waren sie in ihre Zeitungen vertieft oder sie studierten die Wartenummernanzeige. Nur ein Herr mittleren Alters lächelte ihr vom ersten Augenblick an ständig anhimmelnd zu – meine Mutter war wohlgemerkt erst Anfang dreißig und noch wunderschön. Sie reagierte aber nicht auf ihn. Sie strich sachte über den gefalteten Zettel in ihrer Hand, worauf stand:

Ich suche Friedrich Lange, geboren am 11. Juni 1908, Berliner, vor dem Krieg am Wannsee gewohnt, von 1940 bis 1944 in Norwegen stationiert, spätestens 1946 nach Deutschland zurückgekehrt.

Immer mehr Leute kamen an die Reihe und verließen den Raum. Auch der Herr, der ihr die ganze Zeit über schöne Augen gemacht hatte, ging und verabschiedete sich von meiner Mutter mit einem enttäuschten Zucken um die Mundwinkel.

Ihre eigene Nummer rückte näher heran: nur noch fünf Nummern, vier, drei...Bei drei stand sie auf und ging, aber nicht in die Sprechstunde, sondern aus dem Rathaus hinaus.

»Warum bist du denn nicht reingegangen, wenn du schon so lange gewartet hast?« fragte ich die bereits Vierundsiebzigjährige, als sie mir das erzählte.

»Weißt du was? Die ganze Zeit, während ich dort saß, habe ich mich gefragt: muss ich ihn wiedersehen, um ihn weiter zu lieben? Meine Antwort zum Schluss war ein klares ›Nein‹. Das war für mich wie eine Erlösung.«

Nach dem verunglückten Rathausbesuch machte sie einen Spaziergang am Wannsee, um ihre letzten Stunden in Berlin zu genießen. Das Azurblau des Sees, der weite Blick, die dichten Wälder am Ufer und die Möwen überraschten sie ein wenig. »So schrecklich ist Berlin gar nicht!« dachte sie, als sie ihren Eindruck mit Friedrichs schauerlicher Schilderung der deutschen Hauptstadt verglich.

Vom Ufer aus beobachtete sie die im Wasser tobenden Kinder, deren sich auf bunten Decken in der Sonne aalende Eltern, und die Unbeschwertheit dieser Menschen stimmte sie melancholisch. Sie wurde sich ihrer eigenen Schwermut erst richtig bewusst, und sie bedauerte und bereute, dass sie mir diese einfachen familiären Freuden nicht hatte bieten können, als ich noch bei ihr war.

»Aber du hast mich damals in Berlin nicht gesucht, oder?« fragte ich sie.

»Nein.«

»Warum nicht?«

»Weißt du was? Fast mein ganzes Leben bestand nur darin, dass Leute, die mir lieb und teuer waren, von mir weggingen. Zuerst Leon, dann Erik, dann Friedrich, dann du. Ich habe mir immer gesagt, wenn die damit zurechtkommen können, muss ich auch damit zurechtkommen. Wenn ich traurig bin, ist das mein Problem, nicht ihres.«

»Aber ich war erst zehn Jahre alt, als ich wegging. Hast du dir keine Sorgen um mich gemacht?«

»Aber natürlich! Andererseits hatte ich auch Vertrauen in dich. Um ehrlich zu sein, habe ich heimlich gehofft, dass du deinen Vater findest, dass du etwas auf eigene Faust auf die Reihe bekommst, was ich nicht kann.«

So ganz stimmte das nicht. Denn sie ging, nachdem ich weg war, fast täglich nach der Arbeit in die Osloer Stadtbibliothek und durchstöberte dort die deutschen Zeitungen in der Hoffnung, auf ein Foto von meinem Vater oder mir zu stoßen. Lesen konnte sie die Zeitungen ja nicht, da sie die deutsche Sprache nicht beherrschte.

*

Mein Kinderheim – ein Heim für Jungen – war ein vierstöckiger Klinkerbau der Jahrhundertwende mit einem großen Hof direkt am Wannsee. Im Dritten Reich war die Villa dem Eigentümer Herrn Herzog, einem jüdischen Industriellen, abgenommen worden. Er kam in einem Konzentrationslager in Polen um. Als seine Frau, übrigens eine Freundin von Frau Lehmann, diese Immobilie nach dem Krieg zurückerhielt, war das erste, was sie tat, daraus ein Heim für Berliner Kriegswaisen zu machen. Ihre tragische Geschichte behielt Frau Herzog für sich. Nur ein kleines Ölporträt ihres Mannes, das sie über der Wendeltreppe angebracht hatte, erinnerte an ihn. In seiner Gelehrtentracht lächelte er uns täglich freundlich an, wenn wir die Treppe hochstiegen.

In den ersten Monaten im Kinderheim war ich sehr besorgt über meine fehlenden Deutschkenntnisse. Glücklicherweise bestand der Tagesablauf meist aus Aktivitäten außerhalb des Heimes, für die man keine Sprache, ja nicht einmal eine Stimme, brauchte. Wir Heimkinder gingen im Sommer schwimmen oder fingen Insekten und Lurche; im Herbst sammelten wir Pilze, Beeren und Kastanien. Das große Waldstück am Wannsee war das ganze Jahr über unser Spielplatz. Nur die Stunden im Haus, insbesondere die Unterrichtsstunden bereiteten mir Kopfschmerzen. Was sollte ich da tun? Dumm vor mich hingucken?

Eines Tages fiel mir ein, dass meine Mutter, wenn sie sich in ihr Zimmer zum Grübeln zurückziehen wollte, mir oft einen Zeichenblock und Bleistifte aufgenötigt hatte. »Versuch doch mal, was zu zeichnen«, pflegte sie zu sagen. Ich dachte damals nur, dass sie das als Vorwand benutzte, um nicht mit mir spielen zu müssen. In meiner Enttäuschung starrte ich entweder die leeren Blätter an oder füllte wie bei einer Strafarbeit die Blätter mit Reihen meines Namens, um ihr deutlich zu machen, dass ich damit nichts anzufangen wusste. Irgendwann gab sie auf und kaufte mir keinen Zeichenblock mehr.

Im Kinderheim brachte diese Erinnerung mich auf die Idee, dass ich doch jetzt anfangen könnte, zu zeichnen, damit man mich neben »stimmlos« nicht auch noch für »hirnlos« hielt! Während andere Kinder miteinander schwatzten, kritzelte ich mit einem Bleistift auf Papier herum.

Bald wuchsen aus dem anfänglichen Gekritzel richtige Gestalten hervor: Insekten, Tiere, Menschen, etc. Auch der Wannsee fand Eingang in meine Zeichnungen, obwohl ich, dem Heimweh verfallen, oft Motive aus Norwegen hineinschmuggelte, die es in Berlin gar nicht gab: Berge, Fischerhütten und Sonnenuntergänge im Meer. Herr Moritz, mein Erzieher, der ja mein »früheres Leben« nicht kannte, hielt mich für besonders fantasievoll und sorgte daher immer für Nachschub an Zeichenpapier, Bleistiften und Radiergummi.

Den Großteil meiner Zeit widmete ich allerdings nicht dem Zeichnen, sondern dem Erlernen der deutschen Sprache. Von Tag zu Tag wuchs mein Vergnügen, wenn ich mich in den kleinen Bücherbestand meines Heimes vertiefte und die deutschen Wörter eins nach dem anderen entschlüsselte. Ich erkannte bald, dass Norwegisch und Deutsch einander sehr ähneln. Die beiden Sprachen haben viele Wörter gemeinsam und auch in der Grammatik gibt es Übereinstimmungen. So fiel es mir nicht allzu schwer, Deutsch zu lesen. Aber das Sprechen machte mir Mühe, da ich den Stummen spielte und deshalb niemanden hatte, mit dem ich mich unterhalten konnte. Im Laufe der Zeit verstand ich zwar, was während der Alltagsinteraktionen im Heim gesprochen wurde, aber das ersetzte keinen Sprachlehrer.

*

Es war Hans, das älteste Kind im Heim, das bald mein selbstloser Sprachlehrer wurde und mir so lange half, bis ich Deutsch wie meine Muttersprache sprechen konnte. Er stachelte mich sogar dazu an, den ganzen Duden auswendig zu lernen. »Entweder alles oder nichts!« pflegte er mir zu sagen, wenn ich ihn fragte, warum ich als Ausländer mehr über die deutsche Sprache wissen sollte als ein einheimischer Germane.

Vor zehn Jahren starb Hans im Alter von sechzig Jahren an den Folgen eines Gehirntumors. Ich begleitete ihn als sein einziger Nahestehender bis zur letzten Sekunde. Ich habe noch heute sein durch Alter und Schmerzen zerfressenes Gesicht klar vor Augen, aber ich sehe auch durch dieses Gesicht hindurch seine jugendliche Ausstrahlung damals im Kinderheim am Wannsee, die mir als etwas Unsterbliches in Erinnerung geblieben ist.

Vielen im Heim ging Hans damals auf die Nerven. Er war von den Knien abwärts gelähmt und hüpfte immer auf seinen Krücken herum. Um über das Schwächegefühl, das seine Behinderung in ihm verursachte, hinwegzukommen, spielte er dauernd den Patriarchen, brüllte die anderen Kinder an und gängelte sie. Wenn er sich aber unbeobachtet fühlte, konnte er so traurig vor sich hin starren, als sei er ein im Nest alleingelassener Kleinvogel. Ich hatte Angst vor seinem unberechenbaren Verhalten und mied ihn immer. So ließ er mich anfangs auch in Ruhe, bis sein Bett, nachdem er sich mit seinem Bettnachbarn überworfen hatte, im Schlafsaal neben meins gestellt wurde.

Ich war bereits drei Monate im Heim. Eines Morgens, als ich gerade die Toilette verließ, packte Hans mich völlig unerwartet von hinten am Hemd.

»Friedrich, du bist gar nicht stumm. Du kannst doch sprechen, oder?«

Ich versuchte, mich von ihm loszureißen. Vergeblich.

»Dreh dich um! Schau mir in die Augen! Du verbirgst doch irgendwas! Das musst du heute alles auspacken!«

Ich blickte ihn voller Angst an, hielt aber wie immer meinen Mund.

»Du staunst, woher ich es weiß, stimmt's? Du dummer Idiot sprichst doch immer in deinen Träumen. Denkst du, niemand würde das hören?«

Rede ich im Schlaf? Verdammt!

»Weißt du was, ich haue dich heute so lange, bis du einen Laut von dir gibst!«

Ich blieb immer noch stumm. Er stieß mich in eine Ecke und ging mit seinen Krücken auf mich los. Nur mit Mühe konnte ich seinen Schlägen standhalten. Es gelang mir aber, jedwede Schmerzäußerung zu unterdrücken.

Eins der Kinder hatte wohl Herrn Moritz alarmiert, der nun gerannt kam.

»Was machst du denn da!« schrie er Hans an und schlug mit seinem Rohrstock auf sein Gesicht. Das musste Hans sehr wehgetan haben, denn er biss sich so fest auf die Unterlippe, dass diese sich blauviolett färbte. Aber merkwürdigerweise sagte er dem Erzieher nicht, weshalb er mich geschlagen hatte.

Eine große Beule spross aus Hans' linker Schläfe, als wüchse dort ein Bovist. Den Schlag auf seine Schläfe steckte er weg, das schadenfrohe Lachen der Kinder aber traf seinen wunden Punkt. Diese Demütigung konnte er kaum verkraften, er blies tagelang Trübsal. Wie seine Trauer und seine Frustration von Tag zu Tag wuchsen, so wuchs auch mein Mitleid mit ihm.

Ein paar Tage später zog ich ihn die Leiterstufen hoch auf den Dachboden des Heimes, auf dem bei schlechtem Wetter die Bettwäsche getrocknet wurde, und der mein Versteck geworden war.

Dort oben war es jetzt im Winter empfindlich kalt. Ich half Hans durch die von den Leinen herunterhängende Wäsche hindurch zu kommen und bat ihn mit Handgeste, sich neben mich auf den Bretterboden zu setzen, den Rücken an dem sich aus der Mitte des Raums erhebenden Kamin. So hatten wir wenigstens eine warme Rückseite. Ab und an spielte ein Windstoß mit den Ziegeln, und wir fühlten uns wie zwei Luftschiffer auf ihrem Weg über die Kontinente, weit ab der Zivilisation. Und hier in unserem Luftschiff, Auge in Auge mit dem Jungen, der mich überführt hatte, legte ich mein Geständnis ab. Ich holte tief Luft und äußerte den allerersten deutschen Satz meines Lebens:

»Hans, es tut mir sehr leid für dich.«

Hans traute seinen Ohren nicht. Im kargen Licht der in der Dachschräge baumelnden Glühbirne sah ich Hans' staunendes Gesicht: zwei große schwarze Sonnen im weißen Augenrund, und einige Zentimeter tiefer ein dunkler Schlund – sein aufgerissener Mund, dazu kam noch der Schläfenbovist. Vor dem Hintergrund des sandroten Kamins hatte dieses staunende Gesicht etwas von einem gerade dem Höllenfeuer entstiegenen einhörnigen Teufel.

Nachdem dieses Teufelsgesicht wieder Hans' Züge angenommen hatte, erzählte ich ihm in gebrochenem Deutsch, dass ich in Wirklichkeit nicht Friedrich, sondern Edvard heiße, dass ich aus Norwegen komme, dass ich in Deutschland bin, um meinen Vater zu suchen. Hans blieb mucksmäuschen still, so dass ich nicht wusste, ob er mich überhaupt verstanden hatte.

Am nächsten Tag deutete Hans mir an, dass ich mit ihm zum Dachboden hinaufsteigen sollte. Wieder hockten wir in unserem Luftschiff, den Kamin im Rücken. Hans breitete eine Europakarte aus und bat mich, ihm auf der Karte meine Heimat zu zeigen. In Gedanken flog ich die schmale blaue Meereszunge eines verkrüppelten Armes des Skagerrak entlang und landete mit meinem Zeigefinger auf Oslo.

»Hui, direkt am Meer. Ich habe noch nie das Meer gesehen«, sagte Hans neidisch.

»Du wirst das Meer sicherlich bald sehen. Es ist ja gar nicht weit!« meinte ich.

Plötzlich lief Hans rot an, ich weiß nicht, ob aus Verlegenheit oder weil ihn etwas aufregte. »Es tut mir sehr leid, Edvard, dass ich dich verprügelt habe. Ich mag es einfach nicht so gerne, wenn Leute lügen, aber deine Lügerei kann ich jetzt verstehen. Du machst das ja wegen deines Vaters. Weißt du was, ich habe mir überlegt, als Wiedergutmachung helfe ich dir, deinen Vater zu suchen. Oder ich kann dir Deutsch beibringen, was auch immer du willst.«

»Danke!« Ich war tief bewegt. Ich wollte mehr sagen, aber mein begrenzter Wortschatz erlaubte es mir nicht. So fragte ich Hans: »Wo ist dein Vater?«

Er schwieg eine Weile. Dann flog er mit dem Finger über die Europakarte: von Berlin aus immer in Richtung Osten, zunächst nach Warschau, dann nach Kiew, dann nach Charkow und schließlich bis Stalingrad, dort landete sein Finger.

»Von dort kam sein letzter Brief, hat meine Mutter gesagt.«

Ich verstand sofort, was er meinte, und fragte nicht nach. Er erzählte aber von sich aus weiter: »Ich weiß weder wo noch wie er gefallen ist. Ich habe überhaupt keine Ahnung.«

»Vielleicht lebt er noch!« hielt ich dagegen.

»Du brauchst mich nicht zu trösten. Ich weiß ganz genau, dass er tot ist. Ich hätte nur gerne gewusst, ob seine Knochen jetzt auf einem Schneefeld liegen, oder in einer Moorlake, oder in so einem Kieferwald wie hier am Wannsee, oder auf einem Müllhaufen, oder sonst wo. Ich wäre zufrieden, wenn ich das wüsste.« Während er sprach, gestikulierte er, um mir die Wörter verständlich zu machen.

Ich nahm ihn wie eine Mutter in die Arme, obwohl er viel größer und kräftiger war als ich.

»Weißt du was? Meine Mutter hat mir noch erzählt, er ist genau an dem Tag nach Osten losgezogen, an dem ich aus ihrem Bauch kam. Meinst du, er hat mich überhaupt gesehen, bevor er fortging?« fragte er mich ernst, als sei ich wirklich seine Mutter.

»Ja, er hat dich gesehen! Jetzt sieht er dich auch noch von Himmel! Das weiß ich ganz genau!« Ich schrie beinahe.

»Vom Himmel, nicht ›von‹ Himmel«, korrigierte mich Hans.

Hans' Worte hatten mich so mitgenommen, dass ich tagelang kaum schlafen konnte. Ich schlich mich nachts auf den Dachboden und arbeitete wie besessen an einer Zeichnung:

Eine junge Frau sitzt auf dem Bett, den Rücken gegen ein großes Kopfkissen gelehnt; ihr rechter Arm hält ein neugeborenes Baby, ihren linken Arm streckt sie dem jungen Soldaten entgegen, der auf der Bettkante sitzt. Er hält ihre Hand fest in der seinen und wendet sich freundlich dem Kind zu. Die drei scheinen unlösbar miteinander verwachsen zu sein.

»So unlösbar die Verbindung von Frau, Kind und Mann auch zu sein scheint, der Krieg löst alle Bindungen auf«, sagte ich zu mir selbst.

Als ich nach einer Woche endlich mit der Zeichnung zufrieden war, schenkte ich sie Hans. Er sah direkt, was ich mit der Zeichnung hatte ausdrücken wollen, und an der Art, wie er das Bild betrachtete, erkannte ich, dass ich sein bester Freund geworden war. Das blieb ich auch sein ganzes Leben lang.

*

onatelang hatte ich versucht, das Bild, die Stimme, ja den Geruch meiner Mutter auszublenden, indem ich mich ins Heimleben, insbesondere ins Deutschlernen, wie ein Alkoholsüchtiger in seinen Alkohol stürzte. Natürlich träumte ich von ihr, und rief »Mama« in meinen Träumen, wie mir Hans morgens oft berichtete. Aber sobald ich wach wurde, streifte ich die Traumbilder von meiner Gedankenwelt ab wie die aufgehende Sonne den Nachtnebel vertreibt. Nicht, dass ich meine Mutter nicht mehr liebte, ich hatte nur Angst, dass die Sehnsucht nach ihr mich von meinem Ziel abbringen würde, wo ich doch schon so nah dran war.

Es war Sommer 1955. Ich war schon fast ein Jahr im Kinderheim am Wannsee. Eines schwülen Nachmittags saßen Hans und ich im warmen Sand des Wannsee-Strandes. Er liebte den Strand, wo er den im Wasser spielenden Kindern und ihren Eltern zusehen und dabei Fantasien von einer wohlbehüteten Kindheit nachhängen konnte. Selbst ins Wasser zu gehen traute er sich normalerweise nicht, aus Furcht, dass die Kinder über seine verkrüppelten Beine lachen würden. Während er einfach so wie ein Idiot vor sich hingaffte und schmunzelte, zeichnete ich oder studierte meinen Duden.

An jenem Sommertag sprang er plötzlich auf und stürzte sich in den See. Und ehe ich mich versah, fuchtelte und zappelte er mit Händen und Krüppelbeinen im Wasser herum, so dass ich zuerst fürchtete, er sei am Ertrinken.

»Was ist los?! Was machst du denn da?!« rief ich.

»Guck mal, was ich gefunden habe!« Hans hatte sich wieder auf seine Krücken gestützt und kam mit einem Ding unter seinem Arm geklemmt auf mich zu: ein großer, toter Fisch, ein Barsch wahrscheinlich. Stolz hielt Hans seine Beute mir direkt unter die Nase. Was für ein Gestank!

»Mach's weg, Hans! Er stinkt doch!«

»Er sieht doch so schön aus. Sieh mal diese Schuppen an, wie sie glänzen, und diesen Schwanz, wie schön er sich biegt. Komm, ich erkläre dir die Teile eines Fischs, damit du mehr Deutsch lernst. Das hier heißt Rückenflosse, das hier sind die Bauchflossen...«

Wie oft die Geruchserinnerung doch viel stärker und eindringlicher ist als jegliche andere Art von Erinnerung. Ich konnte meine Tränen nicht zurückhalten.

»Was ist mit dir los, Edvard, wieso weinst du plötzlich?« Hans war verwirrt.

»Meine Mutter, meine Mutter...«, stammelte ich.

»Was ist mit deiner Mutter?«

»Meine Mutter hat auch so gestunken wie dieser Fisch!«

»So gerochen meinst du? Man benutzt doch nicht das Wort ›stinken‹ für die eigene Mutter!«

Hans hatte recht. Aber damals, als ich noch in Oslo zur Schule ging, empfand ich den Geruch meiner Mutter wirklich als Gestank. Sie kam immer direkt nach ihrer Schicht im Fischrestaurant zur Schule mich abholen, so dass sie keine Zeit hatte, sich gründlich zu waschen, keine Zeit, den Geruch der Fische, die sie als Küchenhilfe täglich im Restaurant ausnehmen musste, wegzubekommen. Statt mich zu freuen, schämte ich mich vor den anderen Kindern, wenn sie mich von der Schule abholen kam. Wie schön sie auch war, ihr Fischgeruch übertraf nach Ansicht meiner empfindlichen Nase bei weitem ihre Schönheit, und ich bildete mir ein, ganz Oslo würde es riechen. So ging ich immer gesenkten Kopfes neben ihr durch die Straßen, meine Hand zog ich von ihr weg, als hätte ich nichts mit ihr zu tun.

»Was ist mit dir, Edvard? Wieso willst du nicht rein?« fragte sie mich eines Tages, als ich mich dagegen sträubte, mit ihr in ein Modegeschäft zu gehen.

»Mama, du stinkst doch nach Fisch!«

Ich hatte Ärger erwartet, aber stattdessen sagte sie ganz ruhig:

»Danke, dass du mir das sagst, Edvard. Ich selbst rieche das gar nicht mehr. Ich hatte mein Leben lang nur mit Fisch zu tun. Meine Nase ist schon total abgestumpft.«

Seitdem holte sie mich nicht mehr von der Schule ab. Ich sei schon groß genug, ich könne selbst nach Hause kommen, sagte sie. Trotzdem saß sie jeden Nachmittag auf der Bank eines Spielplatzes in der Nähe unserer Wohnung und wartete auf mich. Immer wenn ich auf meinem Heimweg zu diesem Spielplatz gelangte, war sie schon dort.

»Deine Mutter liebt dich, das kannst du mir glauben, Edvard, sie liebt dich!« Hans kommentierte wie ein Alter, als ich ihm das von meiner Mutter erzählte.

»Das war noch nicht die ganze Geschichte. Einmal habe ich nach dem Unterricht noch Fußball gespielt. Das hat so Spaß gemacht, dass ich die Zeit total vergessen habe. Mindestens zwei Stunden habe ich gespielt, vielleicht sogar drei. Dann ging ich nach Haus, und meine Mutter saß immer noch dort auf dem Spielplatz. Als sie mich sah, sprang sie sofort auf und rannte so unbesonnen auf mich zu, dass sie ein gerade vorbeikommendes Fahrrad übersah und angefahren wurde. Sie fiel zu Boden, ihr Gesicht, ihr wunderschönes Gesicht blutete.«

Die Geschichte schien Hans mitzunehmen und er wirkte für eine Weile ganz abwesend. Doch plötzlich nahm er wieder den gewohnten ernsten Ton an: »Mir ist eins aufgefallen, Edvard. Weißt du was?«

»Was?«

»Mir ist aufgefallen, dass du noch nie deine Mutter gezeichnet hast. Du hast mich, den Wannsee, die Tiere und die Pflanzen gezeichnet, auch meine Eltern hast du aus deiner Fantasie gezeichnet. Aber deine Mutter hast du noch nie gezeichnet, oder?«

Ich schüttelte den Kopf.

»Aber warum nicht? Du kannst schon so gut zeichnen. Du schaffst das doch mit links.«

»Ich habe Angst.«

»Wovor denn?«

Ich konnte Hans meine Angst nicht erklären. Sie war ein all zu wirres Gemisch verschiedener Ängste: Angst vor Gefühlen, Angst vor dem eigenen schlechten Gewissen, Angst vor der Angst...eigentlich war es die Angst des Friedrich Schmidt vor Edvard Nerhus. In diesem Punkt verstand ich mich selbst nicht.

Aber Hans schien sich auch so in mich einfühlen zu können: »Weißt du was? Wovor man Angst hat, genau das muss man machen!«

Er schob den toten Barsch wieder unter meine Nase: »Riech mal, es ist doch so fein!«

Ich folgte Hans' ermutigendem Vorschlag und zeichnete von dem Tag an fast nur noch meine Mutter. Ich strebte nicht nach einer realitätsgetreuen Wiedergabe – realistisch zeichnen konnte ich ohnehin nicht, weil ich es nicht gelernt hatte. Es kam mir nur auf die Atmosphäre, auf die Stimmung der Situation an. So zeichnete ich meine Mutter immer wieder, wie ich sie in unserer Osloer Wohnung auch wirklich fast täglich gesehen hatte:

Sie sitzt in einem dunklen Zimmer in ihrem Schaukelstuhl, ihr ganzer Körper ist ins Profil gedreht, ihre Hände im Schoß verschränkt, ihr Kopf leicht gesenkt, ihre Augen nicht erkennbar, so dass man nicht weiß, ob sie nachdenkt, träumt oder trauert. Hinter ihr, durch das kleine Fenster hindurch, dringt das Mondlicht ins Zimmer herein, das auf ihrem Haar, ihrem Gesicht und ihrem Kleid zart schimmert. Heute kann ich es verbalisieren, ich wollte die einsame Schönheit, die einsame Würde dieser Frau wiedergeben, die Schönheit und Unantastbarkeit einer verdurstenden Blume in der Wüste. Damals zeichnete und zeichnete ich, konnte den Effekt aber nie erreichen. Irgendwas fehlte, aber ich wusste nicht was.

*

E s war im November 1955, eine Woche vor dem ersten Advent. Ich hatte bereits über ein Jahr im Kinderheim verbracht. Meine Deutschkenntnisse blieben, wie Hans mir bestätigte, kaum hinter denen eines Muttersprachlers zurück. Ich war fest entschlossen, noch vor Weihnachten endlich den letzten Schritt meines Plans zu vollenden. Mit Hans hatte ich ausgemacht, gemeinsam zur »Auskunftsstelle für die Angehörigen der ehemaligen deutschen Wehrmacht« im Bezirk Reinickendorf zu gehen und sie um Information über den Verbleib meines Vaters zu bitten. Hans hatte die Existenz dieser Einrichtung herausgefunden, er war wirklich ein ausgezeichneter Rechercheur. Vorher waren wir bereits das Telefonbuch Berlins durchgegangen und hatten etliche Personen mit dem Nachnamen »Lange« angerufen.

»Tut mir leid, ich heiße Lange, aber nicht Friedrich.«

»Ich heiße zwar Friedrich Lange, aber ich bin nicht dein Vater.«

»Ich wäre gerne dein Vater, aber ich bin leider zu alt dafür.«

In einem Fall war unser Telefonat sogar der Auslöser eines Ehekrachs. Nachdem sie unser Anliegen vernommen hatte, donnerte die Frau ihren wohl im Hintergrund sitzenden Mann an: »Friedrich, hast du noch ein Kind oder was?!«

Nach einem Wortgefecht wie ein Trommelfeuer kam der Mann ans Telefon: »Lass uns in Ruhe, du Arschloch!«

»Wie ein Arschloch, das andere so kennt!« schrie Hans, der für mich das Gespräch führte, und legte empört auf.

»Was hat er gesagt?« fragte ich ihn.

»Er hat mich Arschloch genannt.«

»So was würde mein Vater nie sagen. Da bin ich mir sicher. Komm, lass uns gehen.«

Für den Besuch der Wehrmachtsauskunftsstelle zogen Hans und ich unsere besten Sachen an: ein weißes Hemd und eine Lederkniebundhose mit einem Hirschhornemblem im Querriegel der Hosenträger. Darüber trugen wir ein wollenes Trachtenjankerl mit Hornknöpfen. Die Kleidung hatte uns Frau Lehmann geschenkt – sie hatte mittlerweile auch Hans zu ihrem Schützling erkoren.

Die Wehrmachtsauskunftsstelle erwies sich als ein riesiges kafkaeskes Gebäude mit hunderten von Räumen und einem Labyrinth von Fluren. Ich war zwar vorher fest entschlossen, selbst mit dem zuständigen Beamten das Gespräch zu führen, aber als Hans und ich vor seinem Büro saßen, zitterten meine Beine so stark, dass Hans eine seiner Krücken darauf drücken musste, und meine Zähne klapperten, als seien es minus 20 Grad.

»Ich glaube nicht, dass du heute irgendein vernünftiges Wort von dir geben kannst«, grinste Hans. »Bleib besser stumm.«

Ein älterer Herr mit dicker Brille kam aus dem Büro und betrachtete uns eine Weile: »Ich sehe, ich bekomme Besuch aus Bayern. Kommt herein!«

Wir traten ein.

»Setzt euch hier hin. Was kann ich für euch tun?«

»Mein Freund, Edvard...« Hans zeigte auf mich. »Er ist stumm. Deswegen spreche ich für ihn. Er kommt aus Norwegen und sucht in Berlin seinen Vater. Edvard wurde 1944 geboren, also müsste sein Vater 1943 in Norwegen gewesen sein, wenn nicht sogar früher. Genauer gesagt müsste er sich in Støldal, einem Fischerdorf in der Nähe von Oslo, aufgehalten haben. Denn von dort kommt Edvards Mutter her.«

Ein verstohlenes Lächeln huschte über das Gesicht des bebrillten Beamten: »Wie heißt sein Vater?«

»Er heißt Friedrich Lange. Ach, ich habe vergessen zu sagen, er kommt aus Berlin«, antwortete Hans.

»Was wisst ihr sonst noch über ihn? Geburtsdatum? Feldpost-nummer?«

Ich schüttelte den Kopf. Der Beamte staunte, dass ich ihn ver-standen hatte und wandte sich jetzt mir zu: » Hast du deine Mutter nicht danach gefragt?«

Ich musste wieder den Kopf schütteln.

»Du willst mich wohl verarschen!« Der Beamte wurde schroff.

»Beruhigen Sie sich bitte! Und helfen Sie Edvard!« Hans sprang mir bei. »Es kann doch nicht so viele Friedrich Langes geben, die aus Berlin kommen und in Norwegen stationiert waren. Sie finden ihn bestimmt. Bitte! Edvard hat dafür das Meer überquert!« In Hans' Vorstellung war das Meer etwas unbeschreiblich Weites.

»Gut, ich versuche es. Aber wir haben nicht die Akten von allen Soldaten. Macht euch nicht zu viel Hoffnung!« Der Beamte stand auf und verließ das Zimmer.

Wieder zitterten meine Beine, und ich bekam so schlecht Luft, dass ich laut keuchen musste.

»Er kommt zurück! Sei still!« Hans hörte seine Schritte und drückte seine Hand auf meinen Mund.

Der Beamte kam nur mit einem Blatt Papier zurück und hatte einen extrem ernsten Blick, dem man sonst nur auf Beerdigungen begegnet. Ende! Aus! dachte ich. Ich sah nur noch schwarz.

»Es wäre besser, wenn ich mit deiner Mutter sprechen könnte«, sagte er zu mir.

Tränen schossen aus meinen Augen.

»Sie können ruhig mir alles anvertrauen. Ich bin schon acht-zehn. Edvard kann draußen warten.« In Wirklichkeit war Hans erst vierzehn.

Hans begleitete mich aus dem Zimmer. Ich wartete und weinte.

Nach ungefähr einer halben Stunde kam Hans aus dem Büro. Ich erkannte ihn kaum wieder. Sein Gesicht, eingefallen und blutleer. Seine Worte klangen matt und kraftlos, so als würden sie aus weiter Ferne durch eine dichte Nebelwand zu mir herüberwehen.

»Edvard, wir gehen erst mal nach Haus, dann erzähle ich dir alles.«

Ich zog an Hans' Hosenträger und zerrte ihn zur Herrentoilette.

»Hans, erzähl mir bitte alles, hier und jetzt!«

»Du wirst das nicht verkraften, Edvard. Sogar ich kann das nicht verkraften.«

»Ist er schon tot oder was! Sag mir die Wahrheit! Ich will die Wahrheit, nur die Wahrheit!«

»Nein, er gilt bis heute als vermisst, seit Juli 1944.«

»Dann ist er tot. Das wusste ich, das wusste ich.« Meine Beine verweigerten mir den Dienst und ich sackte zu Boden.

»Das ist noch nicht das Allerschlimmste. Er wechselte von der Wehrmacht in die Waffen-SS. Der Alte hat gesagt, er war als SS-Mann ein großer Verbrecher und wurde vor zwei Jahren in Israel in Abwesenheit zum Tode verurteilt.«

»Mein Vater ist kein Verbrecher! Mein Vater ist kein Verbrecher!« Ich sprang auf und rannte zeternd in das Zimmer des Beamten zurück.

»Ich dachte, du bist stumm.« Wie ein Raubtier kurz vor dem Sprung auf sein Opfer bog der Beamte seinen Oberkörper so weit über den Schreibtisch, dass er sich abstützen musste, und sah mich drohend von unten an.

»Nein, ich bin nicht stumm! Und mein Vater ist kein Verbrecher! Hören Sie zu, MEIN VATER IST KEIN VERBRECHER!« Ich hämmerte mit der Faust auf seinen Schreibtisch, mein Speichel spritzte auf seine Brille.

Er wischte die Brille, sprang auf und fuhr mich an: »Er hat das Zyklon-B transportiert und dafür gesorgt, dass in Polen Millionen von Juden umkamen!«

Zwei Wächter kamen gerannt, packten mich und warfen mich aus dem Gebäude. Es wäre mir lieber gewesen, wenn sie mich auf der Stelle getötet hätten.

*

I ch lag im Bett, ich weiß nicht mehr wie lange, gefühllos, wie betäubt. Mein Körper versagte mir den Dienst, die Welt entzog sich mir. Es war wie vor der Geburt, oder nach dem Tod, wenn es so etwas überhaupt gibt. Ich war wach, ich hatte noch ein Bewusstsein, aber es schwebte irgendwo, es konnte sich mit nichts verbinden, es war entrückt, allem und jedem entrückt. Hans kam oft vorbei, Herr Moritz und andere Kinder auch, sie sprachen mich an, ich hörte es, aber fühlte nichts. Ich hatte kein Bedürfnis zu reagieren. Ich war im Jenseits. Mein Körper war nur noch ein Stück Fleisch, das mit mir nichts mehr zu tun hatte.

Dann stand ich wieder auf. Mein Gefühl kehrte auch zu mir zurück, aber wie! Ich fühlte mich wie ein uralter Greis, mit weißen Haaren und weißem Bart, mit Falten tief wie Messerschnitte. Ich sah mich im Spiegel an. Von der Alterung war nichts zu merken. Immer noch diese blonden Haare und blauen Augen, immer noch diese zarte Haut, wie lächerlich kindisch, wie lächerlich unecht! Sie entsprachen in keiner Weise dem, was ich innerlich fühlte.

Ich schleppte mich zu Hans. Er erschrak, als er mich sah, als sei ich ein Gespenst.

»Hans, kennst du ein Buch, wo alles drin steht?«

Hans verstand auf Anhieb, was ich meinte: »Hier im Heim nicht. Aber ich habe von einer großen neuen Bibliothek in Kreuzberg gehört, ein Geschenk der Amerikaner an die Berliner soll das sein. Dort finden wir alles, denke ich mal.«

Wir fuhren zur Amerikanischen Gedenkbibliothek am Halleschen Tor. Ich, ein vaterloser seelisch Verwundeter und neben mir der verkrüppelte Hans, das Kleinformat eines Kriegsversehrten, waren wir nicht schon gescheiterte Existenzen von Geburt an?

Als wir gemeinsam im Bus saßen und die Stadt Berlin an mir vorbeizog, war es mir, als sei ich ein Tourist am Tag vor seiner

Rückreise. Eine melancholische Schönheit hatte diese Stadt, vielleicht gerade wegen ihres wirren Durcheinanders: Kriegsruinen zwischen emporwachsenden Baugerüsten; unter den modernen Betonbauten hier und da antike Säulen und Skulpturen wie aus dem grauen Pflaster sprossende Blümchen; lachende Kinder und dunkelgekleidete Herren mit ihren aufgedonnerten Damen; Männer mit Bauchläden und Luftballonverkäufer, die ihre mit Helium gefüllten Ballontrauben wie Luftschiffe vor sich her schoben; die freilaufenden Hunde, die Drehorgelmusikanten, die Straßenbahnen und Autos spielten dazu die Symphonie der Großstadt.

In dem großen Lesesaal der Bibliothek gingen wir vor, wie ein Chirurg bei der Operation: sachlich, emotionslos. Ich schlug die Begriffe einzeln nach:

»Zyklon-B: ein Giftmittel, das zwischen 1942 und 1944 in großem Umfang zum Massenmord an den europäischen Juden benutzt wurde«, »Schutzstaffel: das wichtigste Terror- und Unterdrückungsorgan des NS-Regimes«, und so weiter. Was ich nicht verstand, schrieb ich einfach aus den Büchern ab.

Ich stöberte gerade in einem Buch über die deutsche Besetzung von Dänemark und Norwegen, als ich bemerkte, dass Hans´ Hände zitterten.

»Was ist mit dir, Hans?«

»Nichts«, antwortete Hans und schlug das Buch, in dem der gerade geblättert hatte, zu.

»Die Endlösung«, las ich den Titel des Buchs. Ich griff nach ihm. Hans hielt es aber fest.

»Das ist nichts für dich.«

»Was bedeutet ›die Endlösung‹? Ich will es wissen!«

Ich riss das Buch mit beiden Händen an mich und öffnete es. Schwarzweißfotos, die ich in meinem Leben nie mehr vergesse.

Leichenberge, die mich noch heute in meinen Träumen erdrücken, mir die Luft wegnehmen, als läge ich selbst darunter.

Den Namen meines Vaters fand ich nirgendwo in den Büchern. Er war mir auch gleichgültig geworden. Ich verachtete ihn. Ich hasste ihn. Dann verachtete, hasste ich mich selbst. In meinen Ohren klangen wieder die giftigen Worte von Svein: »Du Sohn eines Nazischweins! Verpiss dich von dieser Welt!« Ich bekam plötzlich das Gefühl, dass Svein recht hatte. Ich begann sogar, ihn zu vermissen. In mir wuchs das Verlangen, zu ihm zurückzukehren und ihn anzuflehen, mir diese Sätze noch tausendmal ins Gesicht zu schleudern.

Ich lag wieder zwei Tage wie ein Toter im Kinderheim. Dann fuhr mich der Sohn von Frau Lehmann, wie fast an jedem Wochenende, zu ihrer Wohnung in der Knesebeckstraße. Er verabschiedete sich gleich nach dem gemeinsamen Mittagessen – er hatte es immer eilig zu gehen. Als er verschwunden war, beschloss ich, Frau Lehmann die Wahrheit zu sagen. Sie hatte es sich gerade vor dem Kamin in einem Schaukelstuhl gemütlich gemacht, der dem meiner Mutter ähnlich sah aber aus einem viel edleren Holz bestand.

»Frau Lehmann, ich bin nicht stumm. Ich kann sprechen. Ich habe Sie die ganze Zeit hinters Licht geführt. Es tut mir sehr leid.«

Frau Lehmann zog die Mundwinkel nach unten und runzelte die Stirn, so dass ich mir wie ein böser Lausbub vorkam, aber nur so kurz, dass ich gar keine Zeit hatte, mich zu schämen, denn schon lächelte sie wieder: »Das weiß ich schon lange.«

»Woher wissen Sie das?«

»Herr Moritz hat dich schon öfters sprechen hören. Mit Hans übst du Deutsch auf dem Dachboden, stimmt's? Du hast innerhalb eines Jahres sehr viel gelernt. Du sprichst ja fast schon akzentfrei. Ich denke, bald wirst du so sprechen können wie ein richtiger Deutscher.«

»Aber wieso ärgern Sie sich nicht, dass ich Sie und Herrn Moritz belogen habe?!«

»Wir dachten, du wirst schon deine Gründe dafür haben, und die wirst du uns auch irgendwann darlegen. Das hast du doch heute vor oder nicht?«

»Aber Lügen ist Lügen. Lügen kann man doch niemals recht...« Mir fiel das Wort nicht ein.

»Rechtfertigen, meinst du? Das weiß ich nicht so genau. Außerdem, – vielleicht bin ich auch etwas eigen in dieser Hinsicht – ich kann deine Person sehr gut von deinem Verhalten trennen. Ich bin überzeugt, dass du ein guter Bub bist. Dabei bleibe ich, auch wenn du mich angelogen hast.« Frau Lehmann schaukelte gelassen in ihrem Stuhl.

»Kann jemand lügen, schlechte, ja ekelhafte Sachen machen, und trotzdem ein guter Mensch sein? Ist das möglich?«

»Du kennst ja die Gründe nicht, wieso dieser jemand so ekelhafte Sachen macht. Vielleicht wird er dazu gezwungen. Vielleicht ist er in dem Moment verwirrt. Und selbst wenn er das mit klarem Kopf macht, kann er immer noch alles wiedergutmachen, und du kannst ihm immer noch verzeihen. Diese Chance müssen wir ihm einräumen.«

»Wenn es etwas Unverzeihliches ist?«

»Für mich gibt's so was nicht. Es gibt nichts Unverzeihliches auf der Welt. Schau mal, was der Mensch alles für Untaten begangen hat, und der liebe Gott hat uns immer noch nicht alle in die Hölle geschickt. Wenn Gott verzeihen kann, kann ich auch verzeihen.« Frau Lehmann sah hoch auf das Kruzifix an der Wand über dem Kamin.

Für einen Augenblick erschien es mir, als würde der Gekreuzigte mit seinem gesenkten Kopf ihr zunicken.

Ich begann Frau Lehmann zu erklären, warum ich gelogen hatte. Ich sprach von meiner Mutter, von meinem Leben in Norwegen und dann von meinem Vater.

Als ich auf das Verbrechen meines Vaters eingehen wollte, unterbrach sie mich abrupt: »Weißt du was? Friedrich, oder Edvard, wie du auch immer heißt, die Geschichte von deinem Vater interessiert mich nicht. Ich kenne zu viele solcher Geschichten. Das tut schon meinem Kopf weh. Mich interessiert nur, ob du in Berlin bleiben willst. Das hört sich wie eine Abschiedsrede an, was du mir gerade gehalten hast.«

»Ich weiß es noch nicht. Aber ich glaube, ich habe in Deutschland nichts mehr zu suchen. Ich kam wegen meines Vaters. Er ist aber jetzt für mich kein Thema mehr.«

»Das gefällt mir überhaupt nicht!« Sie richtete sich von ihrem Schaukelstuhl auf. »Frau Herzog und ich sind gerade dabei, eine Partnerschaft mit einer Volksschule in Steglitz aufzubauen. Die sind eventuell bereit, dich und ein paar andere Kinder aufzunehmen. Dann könntet ihr richtig zur Schule gehen! Davon träumen doch alle Heimkinder! Das kostet Frau Herzog mehr Geld, aber sie macht das gerne. Du willst doch nicht gerade in diesem Moment abhauen?«

»Aber ich...ich vermisse meine Mutter.«

»Ich an deiner Stelle würde deiner Mutter schreiben, dass es dir gut geht, damit sie sich keine Sorgen mehr macht. Aber ich würde ihr noch nicht sagen, wo genau du bist. Sonst holt sie dich gleich zurück nach Norwegen!«

Ich war verwirrt.

»Ich würde außerdem niemandem verraten, dass du Norweger bist. Ich würde weiter den Namen Friedrich benutzen, statt Edvard. Sonst schickt die Polizei dich nach Haus!«

Ich wurde noch verwirrter.

»Siehst du, ich kann auch lügen!« lachte sie.

Dritter Teil

*

Die Volksschule in Steglitz war ein langgestreckter, dreige-schossiger Neubau aus Beton. Mit der vornehmen Villa, in der mein Kinderheim untergebracht war, ließ sie sich nicht vergleichen. Während das Heim im idyllischen Wald am Wannsee lag, stand die Schule mitten in der Stadt, umgeben von anderen langweiligen Schnellbauten der Nachkriegsjahre. Grünflächen gab es hier so gut wie keine.

Fünf Kinder aus meinem Heim, darunter ich, wurden nach langer Verhandlung zwischen dem Schuldirektor und Frau Herzog von dieser Volksschule aufgenommen und in verschiedenen Klassen untergebracht. Ich kam in die fünfte Klasse. Frau Herzog hatte einen kleinen Bus für uns organisiert, der uns täglich zur Schule und wieder zurück ins Heim fahren sollte. Hans musste leider im Heim bleiben. Vermutlich war er aufgrund seiner schweren Behinderung auf dieser Schule nicht »erwünscht«, was mir sehr leid tat.

Als wir zum ersten Mal dort ankamen, stand auf dem Schulhof bereits das Empfangskomitee: zwei Reihen freundlich winkender Schülerinnen und Schüler mit Blumensträußen in den Händen. Sie baten uns Heimkinder, uns unter sie zu mischen und mit ihnen zusammen fotografieren zu lassen. Als wir fünf Buben nach so langem Junggesellenleben wieder Mädchen sahen, erröteten wir alle und lehnten es zunächst ab, uns neben sie zu stellen. Es dauerte seine Zeit, bis jeder seinen Platz zwischen zwei Mädchen gefunden hatte. Ein großer Herr mit dichtem Zottelbart – das sei der Lehrer für Werkunterricht, sagte mir das Mädchen neben mir – fotografierte uns.

»He, der Junge in der Mitte, heb mal deinen Kopf, guck in meine Richtung! Sei nicht so schüchtern!« rief er zu mir herüber und knipste.

Das Foto besitze ich heute noch, und ich sehe diese Scheu, ja diese Angst in meinen Augen, als ahnte ich bereits in jenem Moment, was später passieren würde.

Die anfängliche Freundschaft war nur Schein. Schon bald stellten wir fünf Heimkinder fest, dass es sehr schwer, wenn nicht sogar unmöglich war, in die bestehenden Freundeskreise unserer Mitschüler einzudringen. Ihre Haltung uns gegenüber reichte von Distanziertheit über Indifferenz bis zu Verhöhnung. Sicher hatte das mit Spießigkeit zu tun: die Mitschüler kamen meist aus gutbürgerlichen Familien, während wir kümmerliche Waisen waren. Das merkte man allein schon an unserer Kleidung. Unsere wenigen guten Sachen konnten wir nur an den ersten Tagen vorführen, danach war die Abwechslung auch schon zu Ende und es begann die Zeit der abgetragenen Hemden und Hosen. Und Kinder schauen ja oft viel mehr auf Äußerlichkeiten als auf irgendwas anderes. Es reicht schon ein Loch in der Hose, damit sie dich, vielleicht für immer, verachten.

Jedenfalls fand ich in dieser Volksschule keinen einzigen wirklichen Freund, ich weiß nicht genau ob wegen meiner Introvertiertheit oder wegen der Löcher in meiner Hose. In den Pausen saß ich immer allein an dem kleinen Teich, besser gesagt an dem Tümpel in der Ecke des Schulhofes. Er war von ein paar Bambussträuchern und künstlichen Felsen umgeben, um den Anschein eines chinesischen Gartens zu erwecken. Dort schaute ich ins dunkelgrüne, trübe Wasser, in dem einige erbärmliche Goldfische dahinvegetierten. Vom norwegischen Meer zum Berliner Wannsee und endlich an diesem pseudochinesischen Tümpel gelandet, was für eine Weltreise! Ich musste über mich selbst lachen.

In meiner Einsamkeit konzentrierte ich mich aufs Zeichnen. Ich kam auf die Idee, jeden Tag etwas zu zeichnen und einmal im Monat meiner Mutter die besten Bilder zu schicken. Ich folgte Frau Lehmanns Rat und teilte meiner Mutter noch nicht meinen genauen Aufenthaltsort mit. Um so mehr bemühte ich mich, sie durch die Zeichnungen an meinem Leben in Berlin teilhaben zu lassen. Ich zeichnete für sie das Kinderheim, die Schule, den Wannsee, die Berliner Straßen. Aber die Bilder, die meine Mutter darstellten, behielt ich für mich – es war mir einfach zu peinlich, ihr diese Zeichnungen zu zeigen und ihr so meine Gefühle ihr gegenüber zu gestehen. Außerdem genügten sie noch nicht meinen eigenen Ansprüchen. Ich hatte gehört, dass ich bald Werkunterricht bekommen würde, in dem auch ein bisschen Kunst gelehrt werde. Nach den Winterferien werde es soweit sein. Ich wartete gespannt darauf.

*

Der Werklehrer sollte eigentlich um 14 Uhr erscheinen, wir hatten bereits unsere Namensschilder ordentlich vor uns aufgestellt und saßen erwartungsvoll in unseren Bänken. Aber er ließ auf sich warten. Ab Viertel nach Zwei wurde es unruhig in der Klasse. Der Klassensprecher machte sich auf die Suche und kam zurück mit einem vielsagenden Grinsen:

»Kommt gucken! Es ist spannend!«

Wir folgten ihm bis vor den Raum, in dem das Material für den Werkunterricht gelagert wurde und das zugleich das Arbeitszimmer des Werklehrers war. Die Tür war geschlossen.

»Ich warte, bis du es zugibst«, ließ sich die Stimme des Lehrers vernehmen.

»Ich hab's wirklich nicht geklaut«, antwortete ein Junge.

Der Lehrer seufzte: »Du bist die einzige Person, die in meinem Zimmer war. Danach war mein Füller weg.«

»Sie haben sich bestimmt geirrt. Der Füller war bestimmt vorher schon nicht mehr da.«

»Wie redest du denn mit mir? Ich irre mich nie! Ich habe ein Supergedächtnis! Du könntest mir einen von tausend Stiften klauen und ich würde dir direkt sagen, welcher fehlt.«

Der Junge schwieg.

»Gut, dann rufe ich sofort deine Eltern an. Die werden dir schon die Leviten lesen.« Wir hörten ihn eine Nummer wählen.

»Nicht, Herr Kowalski, bitte nicht! Hier ist der Füller, hier ist Ihr Füller.«

»Du hast einen guten Geschmack, das muss man dir lassen. Ausgerechnet meinen besten Füller hast du geklaut, denjenigen, den ich zum Zeichnen benutze. Jetzt erkläre mir mal, wieso du das getan hast.«

Der Junge fing an zu schluchzen: »Ich habe auch so einen Montblanc-Füller. Er ging in einer Schlägerei kaputt. Er fiel mir aus dem Ranzen und jemand ist darauf getreten. Meine Mutter bringt mich um, wenn sie das erfährt!«

»Wieso denn?«

»Das ist das Wertvollste, was sie noch von meinem Vater hat! Das hat sie mir geschenkt, damit ich immer an meinen Vater denke und gut lerne!«

»Wo ist dein Vater?«

»Im Krieg gefallen.«

Herr Kowalski verstummte eine Weile. »Hast du deinen kaputten Füller dabei? Ja? Dann zeig ihn mir.«

Der Junge befolgte offenbar den Befehl.

»Hm, das ist wirklich der gleiche Füller wie meiner. Aber so schlimm sieht's nicht aus. Nur die Kappe ist beschädigt, der eigentliche Füller ist ja völlig in Ordnung. Wir machen es so, wir tauschen die Kappe aus, aber du versprichst mir, dass du nie mehr was klaust, einverstanden?«

Der Junge heulte nun richtig: »Danke, Herr Kowalski, ich weiß nicht, wie ich Ihnen danken soll.«

»Wie gesagt, indem du nie mehr was klaust!«

Zwei Klassenkameraden hatten noch ihre Ohren an der Tür kleben, als diese plötzlich aufging.

»Was macht ihr denn da?« Herr Kowalski staunte über die Spione vor seinem Zimmer.

»Wir haben auf Sie gewartet!« antwortete der Klassensprecher.

Herr Kowalski begab sich zum Klassenzimmer. Wir gingen ihm nach. Er hatte einen sehr geraden Rücken und einen festen stolzen Gang, wie ein Soldat. Dazu passten seine zerzausten Haare und sein verzottelter Bart überhaupt nicht. Als er vor der Klasse stand, sah ich seine hellen Augen, die nicht groß waren, aber eine solche Tiefe und zugleich Weite ausstrahlten, wie ich sie bisher nur vom Meer her kannte. Ganz im Gegensatz dazu standen seine struppigen Augenbrauen, eingefallenen Lider und dunklen faltigen Tränensäcke. Seine fahle Gesichtshaut war rau und trocken. Ein ungepflegter Typ, dachte ich. Ich schätzte ihn auf Anfang Fünfzig. Er hätte aber viel jünger aussehen können, wenn er sich nur mehr gepflegt hätte!

»Entschuldigt meine Verspätung. Ich hatte eine kleine Panne, aber ihr Schlaumeier habt's wohl mitgekriegt!«

Die Schüler lachten aus vollem Halse.

»Ich habe gehört, dass wir einen Gast vom Wannsee haben. Wo sitzt er?« Herr Kowalski sah jeden einzelnen von uns an.

Ich erhob mich und rief: »Ich bin kein Gast! Ich bin hier fest angemeldet.«

»Ich bin kein Gast, ich bin kein Gast«, äfften mich einige Schüler nach.

»Ach, du bist das! Der Scheue. Ich habe dich doch vor zwei Monaten fotografiert. So scheu bist du gar nicht!«

Es stimmte. Herr Kowalski war der Fotograf auf dem Willkommensempfang an meinem ersten Schultag gewesen. Sein gutes Gedächtnis überraschte mich.

»Wie heißt du denn?« fragte mich Herr Kowalski.

»Friedrich Schmidt.«

»Willkommen im Werkunterricht, Friedrich!« begrüßte mich Herr Kowalski.

*

Der Werkunterricht von Herrn Kowalski – mit Vornamen hieß er übrigens Alexander – war eine totale Enttäuschung. Ich hatte ihn mir als einen kreativen Menschen vorgestellt, aber er ließ uns die ganze Zeit irgendwelche Figuren durchpausen, Hampelmänner sägen, Holzskulpturen schnitzen oder Gips in Hohlformen gießen. Er bestand darauf, dass wir jedem einzelnen Schritt seiner Anweisungen genau folgten und am Ende alle exakt das gleiche Zeug produzierten. Die geringste Abweichung tadelte er. Ich hatte noch nie einen Lehrer gekannt, der so penibel, so zwanghaft war und den Schülern überhaupt keinen Spielraum ließ. Sogar der Mathematiklehrer ließ uns geometrische Figuren nach unseren Vorlieben zeichnen, und der Deutschlehrer ließ uns eigene Gedichte schreiben, wie gravierend unsere Rechtschreib- und Grammatikfehler auch waren. Aber ausgerechnet der Kunstlehrer – Kunst war Teil des Werkunterrichts – wusste überhaupt nicht, was Fantasie ist! So unkünstlerisch, ja sogar einfallslos er mit seinem eigenen Erscheinungsbild umgeht, so farblos ist auch seine Person, dachte ich. Andererseits war ich von seiner Gutherzigkeit überzeugt, nachdem ich seinen Umgang mit dem Füllerdieb erlebt hatte. Ein guter Mensch ist er, aber als Lehrer nicht ernst zu nehmen, fällte ich rasch mein Urteil über ihn.

Seitdem ich dieses Urteil gefällt hatte, beeilte ich mich in seinem Unterricht immer mit der Erledigung der Aufgaben, um mich dann dem Zeichnen zu widmen. Anfangs zeichnete ich noch verdeckt – ich benutzte die Hampelmänner als Sichtblenden. Mit der Zeit wurde ich immer dreister. Unbewusst wollte ich Herrn Kowalski vielleicht sogar zeigen, dass ich etwas anderes machte, dass ich ihm nicht mehr gehorchte und gehorchen wollte, dass seine Unterrichtsmethode mich anwiderte. Er schien meine Untergrundtätigkeit allmählich zu bemerken, denn er blickte immer häufiger in meine Richtung, sagte jedoch nichts. Eines Tages hatte ich so einen

Widerwillen gegen das Hampelmannbauen, dass ich diese Bastelei einstellte. Jetzt verlor Herr Kowalski endlich die Geduld:

»He, Friedrich, kannst du uns erklären, was du da die ganze Zeit treibst?«

Die gesamte Klasse hörte mit ihren Hampelmännern auf und wandte sich mir zu.

»Nichts.« Ich stand auf und wendete gleichzeitig mein Zeichenblatt um.

»Wo ist denn dein Hampelmann?«

»Von mir weggelaufen«, antwortete ich und hörte gleich das johlende Gelächter meiner Mitschüler.

»Na du hast Humor. RAUS, und zwar sofort!«

Ich wollte mich gerade in Richtung Tür begeben, als der Schüler hinter mir rief: »Er krakelt doch immer auf dem Papier herum!«

»Ich krakele nicht, ich zeichne!« schrie ich zurück.

»Ich krakele nicht, ich zeichne, ich krakele nicht, ich zeichne...«, äfften mich zwei Schüler nach.

»Zeig mir mal, was du gezeichnet hast«, sagte Herr Kowalski und sofort war es totenstill.

Herr Kowalski kam auf mich zu. Mit jedem Schritt, den er näher kam, wurde mein Stolz auf mein Zeichentalent kleiner, und als er vor mir stand, wäre ich am liebsten im Boden versunken. Ich stand wie gelähmt da und konnte nur noch die leere Rückseite meiner Zeichnung anstarren.

Herr Kowalski fixierte mich, ich spürte seinen brennenden Blick auf meiner Stirn – schließlich drehte ich das Blatt wieder um. Es war die Zeichnung, in der meine Mutter tief in sich versunken auf ihrem Schaukelstuhl sitzt, von der Dunkelheit des Zimmers eingehüllt. An diesem Bild arbeitete ich nach wie vor wie besessen, ohne dass es mich zufrieden stellte.

Herr Kowalski starrte meine Zeichnung minutenlang an, sprachlos, ausdruckslos. Was geht in ihm vor? Mein Herz schlug bis zum Hals.

Meine Mitschüler hatten zwischenzeitlich einen Kreis um uns gebildet. Sie reckten ihre Hälse, um meine Zeichnung zu sehen.

»Alles schwarz, man sieht das Gesicht ja gar nicht! Ist das ein Schwarzer oder was? Oder ein Schornsteinfeger?« kommentierte einer.

»Das ist doch eine Frau! Sie hat doch ein Kleid an!« wendete ein Mädchen ein.

Ich schwieg. Ich war nur noch nervös.

»Ist das deine Mutter?« fragte mich Herr Kowalski.

Ich nickte.

»Ich dachte, du kommst aus einem Waisenheim.«

»Meine Mutter...sie hat mich verlassen.« Ich hasste mich, dass ich lügen musste.

»Du liebst sie trotzdem. Das sehe ich in deinem Bild. Hast du noch andere Bilder dabei?«

Ich zeigte ihm meinen Zeichenblock, in dem sich noch weitere Versionen meiner im Schaukelstuhl sitzenden Mutter sowie Skizzen der Berliner Stadtlandschaft befanden.

»Wo hast du Zeichnen gelernt?«

»Ich bin Autodidakt!« wandte ich stolz meine Duden-Kenntnisse an. Meine Klassenkameraden kannten das Wort nicht und fragten untereinander, was das bedeute.

»Du hast Talent. Nicht nur das, du zeichnest wirklich mit Herz und Seele. Du musst unbedingt weiter machen!«

»Danke, Herr Kowalski!« Ein Lob von diesem steifen sturen Herrn war das Allerletzte, was ich erwartet hatte. Ich zitterte vor Freude.

»Aber den Hampelmann musst du trotzdem bauen!« fügte er hinzu.

Ein Gelächter brach unter den Schaulustigen los. Ich lachte verlegen mit.

*

E ines Tages wartete ich nach dem Werkunterricht auf meinen Schulbus, der mich zurück ins Kinderheim fahren sollte. Weil er verspätet war, vertrieb ich mir die Zeit auf dem Schulhof.

Als ich ins Klassenzimmer zurückkam, saß Herr Kowalski auf meinen Stuhl und blätterte in meinem Zeichenblock.

»Pardon! Ich habe mir das selbst erlaubt!« Er sah leicht verlegen zu mir herüber.

»Aber selbstverständlich dürfen Sie sich das angucken!« antwortete ich.

Er schien erfreut und fragte: »Du hast noch nie deine Mutter von vorne gezeichnet?«

Das stimmte, das war mir selbst gar nicht aufgefallen. Ich hatte sie meistens von der Seite gezeichnet, manchmal auch von hinten.

»Dabei sind die Augen doch am interessantesten für den Zeichner. Die Augen sind der Spiegel der Seele, sagt man. Oder siehst du das anders?«

Die schönen Augen meiner Mutter leuchteten flüchtig in meinem Kopf auf, allein das tat mir schon weh. Vielleicht war das der Grund, warum ich sie nie in der Frontale gezeichnet hatte.

»Na ja, jeder hat seine eigenen Vorlieben. Ich selber zeichne die Augen am liebsten«, fuhr Herr Kowalski fort.

Er zeichnet auch? Dieser stumpfe, hausbackene Typ? Ich wunderte mich.

Als habe er meine Gedanken lesen können: »Heute zeichne ich nicht mehr so oft, eigentlich fast gar nicht mehr. Ich habe das Gefühl, oder das Gespür dafür verloren. Deswegen ist es sehr faszinierend für mich zu sehen, wie begeistert du zeichnest, ja fast wie ich in meinen alten Zeiten.«

Als er sprach, verstörte mich wieder der unversöhnliche Gegensatz zwischen seinen klaren, ausdrucksstarken Augen und seinem verwilderten Gesicht.

Er blätterte erneut durch meinen Block und hielt bei dem Bild von meiner Mutter im Schaukelstuhl inne: »Dieses Bild hast du immer wieder gezeichnet, aber du bist noch nicht ganz glücklich damit, habe ich recht?«

Woher weiß er das?

»Bist du taubstumm geworden?« Er sandte mir ein Lächeln aus seinem strubbeligen Bart.

»Nein. Ich bin nur sprachlos, weil...weil Sie mich so gut kennen.«

»Das ist noch nicht alles. Ich weiß sogar, dass du den durch das Fenster eindringenden, Haare, Gesicht und Kleid deiner Mutter konturierenden Lichtschein zeichnen willst. Deswegen hast du das Bild auch so dunkel gehalten, du willst das Licht abheben. Das gelingt dir aber nicht ganz, stimmt's?«

Ich konnte Herrn Kowalski nur noch anglotzen.

»Das ist auch sehr schwer. Ich weiß gar nicht, wie ich selbst das Problem lösen würde. Da muss man schon ein Rembrandt sein, denke ich mal. Aber vielleicht kann man es auch von einer anderen Seite anpacken.«

Was meinte er damit?

»Friedrich, unser Bus ist da!« rief mich mein Kinderheimkollege.

Ich griff schnell meinen Ranzen und verabschiedete mich von Herrn Kowalski.

Eine Woche später – Werkunterricht gab es nur einmal die Woche – kam Herr Kowalski nach dem Unterricht direkt auf mich zu. Er überreichte mir eine prall gefüllte Baumwolltasche:

»Probier mal, deine Mutter zu malen.«

Andere Schüler waren noch im Klassenzimmer, so dass ich mich nicht traute, mir den Inhalt der Tasche anzusehen.

»Wie kann ich das annehmen, Herr Kowalski?«

»Das habe ich eigentlich für meine Tochter gekauft. Sie hat aber gar keine Lust darauf. Das schenke ich gerne dir!«

Im Kinderheim studierte ich zusammen mit Hans das Innenleben der Baumwolltasche – er war neugierig auf alles, was ich von der Schule mitbrachte. Eine kleine Rolle Leinwand, eine Schachtel »Ölfarben für Kinder«, ein Set Malpinsel verschiedener Größe und eine Holzpalette lagen sorgfältig einzeln in Zeitungspapier gewickelt in der Tasche.

»Dein Lehrer hat recht, Edvard! Du hast immer nur gezeichnet, du hast noch nie gemalt. Jetzt solltest du damit anfangen! Jetzt ist die Zeit gekommen!« Hans war noch mehr begeistert von dem Geschenk als ich.

»Meinst du, ich schaffe es?« fragte ich ihn.

»Wo ein Wille ist, da ist auch ein Weg!«

Ich erinnere mich heute noch, wie ich zum ersten Mal die Ölfarbe aus der Tube drückte. Sie kam so raus, um ganz ehrlich zu sein, wie ein Stück Scheiße aus dem Hintern kommt. Und es roch auch ein bisschen nach Scheiße. Diese unansehnlichen Klumpen lagen so kümmerlich auf der Palette und ich sollte damit meine schöne Mutter malen?!

Ich versuchte es, aber es wollte mir nicht gelingen. Ich wusste einfach nicht, wie ich die Farben mischen und kombinieren sollte. Ich kämpfte regelrecht mit meinen Farben, trug sie immer wieder

auf die Leinwand auf, aber je länger ich mich mit einem Bild ab-
mühte, um so dunkler und grauer wurde es. Erst nach und nach
lernte ich die Unwägbarkeiten der Farbmischungen beherrschen
und erkannte, dass das Unkontrollierbare kein Mangel war, sondern dem kreativen Schaffen den Weg ebnete. Farbe war mir plötzlich nicht mehr nur Paste, sondern ein Material, das sich durch
Beimischung von Lösungsmitteln oder anderer Farben in unendlicher Vielfalt abwandeln, verwandeln und umwandeln ließ. Und
mit der Farbverwandlung ging eine innere Wandlung einher, eine
Seelenverwandlung: wie die amorphen, schmierigen nach Öl und
Terpentin riechenden Farben durch das Malen veredelt wurden, so
fühlte ich mich selbst auch veredelt und geläutert.

Während die Entdeckung der Farben in mir eine Künstlerseele
heranreifen ließ, sprach Herr Kowalski kaum noch mit mir. Stattdessen zwinkerte er mir immer mit einem Auge zu, wenn er mich
sah, als existiere zwischen uns eine geheime Vereinbarung, als wisse er, dass sich etwas in mir entwickelte und dass ich dafür Zeit
brauchte. Wie ein geduldiger Bäcker ließ er seine Hefe aufgehen
und er hatte seine Freude daran, den Teig immer luftiger und vo-
luminöser werden zu lassen. Aber woher nahm er die Sicherheit,
dass sein »Teig« tatsächlich aufgehen würde, dass ich tatsächlich
den von ihm gewiesenen neuen Weg beschritt und mich nicht davor scheute? Woher hatte er dieses Vertrauen in mich? Das kann
ich mir bis heute nicht erklären. Vielleicht war es auch einfach seine Art, mich durch wohlwollendes Schweigen anzustacheln, mich
aber ansonsten im Dunkeln tappen zu lassen. Ich fühlte mich jedenfalls verpflichtet, mein Bestes zu geben und ihn nicht zu enttäuschen.

Nach zwei Monaten war es so weit. Mit einer Kopfbewegung
gab ich Herrn Kowalski zu verstehen, dass er nach dem Unterricht
länger im Klassenzimmer bleiben sollte. Das tat er auch. Und ich
breitete vor seinen Augen das erste vollendete Gemälde meines
Lebens aus: ein Ölbild meiner Mutter, wie sie im Schaukelstuhl am

Fenster sitzt. Ich hatte in diesem Bild all meine Liebe zu ihr in Farben verwandelt. Ihr einsames, fast nonnenhaftes Dasein hatte ich
im Indigo ihres Kleides verkörpert; ihren Ernst und ihre Würde im
warmen Braun des Gesichts; ihre Sehnsucht nach Kontakt und Liebe im Dunkelrot der sie umgebenden Zimmerwände; dem Boden,
auf dem der schwarze Schaukelstuhl stand, verlieh ich ein erdiges
dunkles Gelb. Und endlich konnte ich das durch das Fenster ein-
dringende Mondlicht durch einen dünnen Schleier von Weiß darstellen, das fast transparent um ihre zarte Körperkontur herumlief
wie eine warm strahlende Aura. Ihre feinen Gesichtszüge, auch
ihre Augen, hatte ich nicht gemalt. Ich fühlte, dass ich sie durch die
Farben allein hinreichend charakterisiert hatte, dass man nicht ihre
Augen sehen musste, um ihre einsame Schönheit zu begreifen.

Herr Kowalski blieb lange vor meinem Bild stehen. Er konnte
seinen Blick nicht davon abwenden und schien jedes Detail genau
zu studieren. Ich hatte das Gefühl, mein Innerstes würde vor ihm
liegen. Ich fühlte mich wie eine junge Frau, die sich zum ersten Mal
vor einem Mann auszieht. Es war Scham und Stolz zugleich.

Statt ein Urteil abzugeben, fragte Herr Kowalski: »Hast du heute
Zeit, zu mir nach Hause zu kommen? Meine Frau hat Kasslerbraten vorbereitet und ich habe dir etwas zu zeigen. Du kannst danach
bei uns übernachten.«

*

Also fuhr Herr Kowalski auf seinem Fahrrad nach Hause, mit mir auf dem Gepäckträger. Schon lange hatte ich eine solche Fahrradreise nicht mehr erlebt. Das letzte Mal hatte mich mein Onkel Erik vor zwei oder drei Jahren auf eine Fahrt entlang der Osloer Küstenpromenade mitgenommen. Und heute fuhr mich Herr Kowalski, ehemaliger Feind, heute Seelenverwandter, durch die Gassen und über die Plätze des Steglitzer Kiezes. Das Fahrrad bebte und wackelte auf dem holprigen Kopfsteinpflaster, es tat meinem Hintern weh, aber ich fühlte mich geborgen hinter seinem stählernen Rücken. Und ich streckte meine Beine hoch in die Luft und fühlte mich, als würden wir fliegen.

Es war ein viergeschossiges Wohnhaus, das der Krieg zwar verschont hatte, das aber über die Jahre heruntergekommen war. Im einstmals feudalen Treppenhaus roch es modrig. Die vordem antikweißen mit feinen dunkelrotbraunen Wappen verzierten, jetzt mit einer bräunlichen klebrig-öligen Schmutzschicht überzogenen Wandfliesen bröckelten an einigen Stellen ab und hinterließen kleine helle Staubflächen auf dem umbrabraunen Steinboden. Der Handlauf des aus Messing gefertigten scheinbar unversehrten Treppengeländers mündete in einer Messingfigur, einer den linken Arm hebenden Venus, die eine Sonne in der Hand hielt, von der goldene Strahlenzacken ausgingen. »Ob die mit ihren Zacken schon mal jemandem die Augen ausgestochen hat?« ging es mir durch den Kopf.

Schweigend stiegen wir die ausladende Steintreppe hinauf in den dritten Stock und dann ging es weiter über die knarrenden Stiegen einer hölzernen Wendeltreppe. Herr Kowalskis Wohnung lag im Dachgeschoss. Eine zierliche Frau mit blonden Haaren und blauen Augen, vielleicht ein bisschen älter als meine Mutter, öffnete die Tür. Herr Kowalski küsste sie auf die Stirn und stellte mich vor:

»Paula, das ist Friedrich, der Künstler in meiner Klasse. Darf er heute auch ein bisschen Kasslerbraten probieren?«

»Aber natürlich. Wir haben genug da. Katrin, komm Friedrich begrüßen.« Frau Kowalski hatte einen Akzent, aber ich wusste nicht welchen.

Katrin war ein bildhübsches Mädchen mit blonden Zöpfen und den hellgrünen Augen ihres Vaters. Sie lehnte sich an ihre Mutter und warf mir einen schüchternen Blick zu:

»Guten Tag, ich heiße Katrin.«

»Guten Tag, ich heiße Friedrich.«

»Katrin wird dieses Jahr elf. Wie alt bist du, Friedrich?« fragte mich Herr Kowalski.

»Ich werde dieses Jahr zwölf, geboren wurde ich am 30. August, 1944«, antwortete ich.

Das Wohnzimmer war kaum größer als dasjenige der Wohnung meiner Mutter. Es erschien aber viel größer durch die weißgestrichene Wand – bei meiner Mutter war die Wand dunkelrot tapeziert. Mittelpunkt des Raumes bildete ein großer ovaler mit einer riesigen gehäkelten Tischdecke überzogener dunkelgebeizter Eichentisch, an dem sechs beige gepolsterte Stühle standen. An einer Wand stand ein Vitrinenschrank mit Geschirr und an der gegenüberliegenden Wand ein dreigeteiltes langes Sideboard. Den mittleren Teil des Sideboards bildeten zwei mit langen Schlüsseln verschlossene Türen, aus deren jeder sich eine Schnitzerei heraushob: Hirsche. Die beiden Hirsche standen sich Auge in Auge gegenüber. Linker und rechter Teil des Sideboards waren offen und durch je ein Regalbrett zweigeteilt. Auf den Brettern lagen exakt aufgeschichtet zwei Türme weißer Tischdecken. Darunter stapelte sich Geschirr. Auf dem Sideboard lag eine sich über die ganze Länge erstreckende Häkeldecke. Überhaupt war jede sichtbare Ablagefläche in dem Wohnzimmer mit schneeweißen Häkeldeckchen bedeckt. Auf dem Sideboard stand in der Mitte eine blaue Vase mit verwelkten roten Rosen, rechts und links davon vollkommen symmetrisch angeordnet je zwei in Glas gefasste Familienfotos. An der Wand über dem Sideboard hing in einem Glasrahmen eine Bleistiftzeichnung, auf der ich die Frau von Herrn Kowalski und seine Tochter erkennen konnte. Die Tochter sitzt auf dem Schoss ihrer Mutter und beide blicken mich fröhlich lächelnd an. Ein handwerklich gekonntes Bild, das nur von einem Profi stammen konnte. Andererseits nahm ihm seine Präzision die Lebendigkeit – vielleicht weil der Künstler zu sehr auf Nachahmung bedacht gewesen war und jedes Detail, auch unnötige, peinlich genau ausgearbeitet hatte. War Herr Kowalski der Künstler? Das hätte gepasst...

Mir war schon die ganze Zeit ein lautes Ticken aufgefallen und jetzt erst sah ich eine riesige, für das Zimmer viel zu große Standuhr in einer Ecke stehen. Sie blickte mich an wie ein Mensch mit weißem plattem Gesicht und hölzernem Körper in Form eines Pyramidenstumpfes.

»Gefällt dir diese Uhr? Die habe ich mir vom Flohmarkt geholt. Den Stil nennt man Biedermeier.« Herr Kowalski stellte sich vor die Standuhr und lächelte mich an. Sie überragte ihn um wenige Zentimeter und der bohrende Blick des weißen Flachgesichts richtete sich bedrohlich auf seinen Nacken. Mir wurde ganz bange zumute.

»Das Essen ist fertig!« Frau Kowalski brachte den Kasslerbraten, Bratkartoffeln und einen gemischten Gemüsesalat.

»Setz dich, Friedrich. Fühl dich wie zuhause!« bat mich Herr Kowalski zu Tisch.

Die erste Scheibe Fleisch legte Frau Kowalski auf meinen Teller.

»Guten Appetit!«

Während des Essens wurde kaum gesprochen. Katrin war ganz mit sich selbst beschäftigt, hantierte graziös, fast ein bisschen geziert mit ihrem Besteck. Sie umgab sich mit der Aura einer über den Anwesenden thronenden unberührbaren, überaus zarten zerbrechlichen Prinzessin. Ihre Eltern schauten ihr amüsiert zu, so schienen sie ihre Tochter zu lieben. Herr Kowalski saß kerzengerade auf der Stuhlkante, Ober- und Unterschenkel bildeten einen rechten Winkel, seine Füße standen fest verwurzelt parallel auf dem Dielenboden. Er aß sehr kontrolliert und bewusst, und bewegte sein Besteck herrschaftlich, als sei er stolz, von seiner Frau bekocht und bedient zu werden. Seine Frau legte ihm immer wieder nach und wusste genau, wann sie damit aufzuhören hatte. Den Appetit ihres Mannes quittierte sie mit einem zufriedenen Lächeln, das einen gewissen Stolz verriet. Unwillkürlich kam mir der stets gesenkte Blick meiner Mutter in den Sinn. Meine Mutter hatte mir beim gemeinsamen Essen nie in die Augen geschaut. Selbst mein Onkel hatte sie mit seinen Scherzen und Witzen nur sehr selten aufheitern können. Dagegen waren die Kowalskis eine frohe und ausgelassene Familie, in der viel gescherzt und gelacht wurde. Ich wurde fast ein wenig neidisch.

»Schmeckt's?« Herr Kowalski riss mich aus meinen Gedanken und ich bemerkte erst jetzt, dass ich schon die Hälfte meines Kasslers vertilgt hatte, ohne den Geschmack des Fleisches wahrzunehmen.

»Ja, sehr gut!«

»Meine Frau und ich kommen beide aus Polen. Das nächste Mal, wenn du kommst, macht sie Piroggen für dich. Das ist eine Art Maultasche, gefüllt mit Fleisch oder Kartoffeln. Eine polnische Spezialität, für meinen Geschmack viel feiner als die schwäbische Variante.«

»Kommen Sie aus Polen? Sie haben aber gar keinen Akzent.« Ich bereute sogleich meine Aussage, weil ich Frau Kowalski damit beleidigen könnte – sie sprach doch eindeutig mit Akzent.

»Ich bin Polendeutscher«, antwortete Herr Kowalski.

Nach dem Essen ging Katrin auf ihr Zimmer, um ihre Hausaufgaben zu machen. Frau Kowalski zog sich in eine Ecke des Wohnzimmers zurück und begann Deckchen zu häkeln – also hatte sie all die Häkeleien im Wohnzimmer hergestellt. Herr Kowalski trank noch ein Glas Rotwein am Esstisch.

»Sie wollten mir doch etwas zeigen?« fragte ich ihn, nachdem er sein Weinglas geleert hatte.

»Ach, stimmt, ich hätte es beinahe vergessen. Komm mit!« Er stand auf und ging Richtung Schlafzimmer. Ich folgte ihm.

Als ich das große Ölgemälde über dem Ehebett sah, wurde mir fast schwindlig. Diese tief ins Land schneidende schmale ultramarinblaue Meeresbucht, deren Ufer in mit dunkelgrünem Nadelgehölz überzogene Berge übergingen – das ist doch ein norwegischer Fjord! Und in der unteren Hälfte des Bildes die Rückenfigur einer Frau im langen weißen Kleid, dem Fjord zugewandt, ihr wie ein Wasserfall über die Schultern bis tief in den Rücken fallendes Haar orangerot – das ist doch das Haar meiner Mutter, wie es sonst niemand auf der Welt hat!

Ich wich zurück und konnte meine innere Aufgewühltheit nicht verbergen.

»Fehlt dir was, Friedrich?« fragte Herr Kowalski besorgt.

»Haben Sie das Bild gemalt?«

»Ja. Das hättest du mir gar nicht zugetraut, oder?« Er lachte.

»So gut können Sie malen.«

»Danke! Aber das ist nicht das, was ich dir zeigen wollte. Sieh mal meine kleine Kunstbibliothek an!« Er öffnete den Bücherschrank in seinem Schlafzimmer. »Such dir doch ein paar Bücher aus. Ich kann sie dir gerne ausleihen. Auch ein Autodidakt braucht Anregungen von anderen, oder?«

Der ganze Schrank war voll mit Ausstellungskatalogen und Künstlermonographien. Mich verwirrten die Namen, die ich nicht kannte, und ich konnte meine Gedanken nicht ordnen, da mir das Gemälde von Herrn Kowalski nicht aus dem Kopf ging.

»Ich glaube, ich brauche erst mal kein Buch.«

»Ein eigensinniger Bub bist du. Aber das gefällt mir!«

Ich schaute wieder auf das Gemälde über dem Ehebett.

»Waren Sie schon mal in Norwegen, Herr Kowalski?«

»Nein. Wie kommst du denn darauf?«

»In Ihrem Bild ist doch ein Fjord dargestellt.«

»Du bist aber wirklich ein schlauer Bub. Sogar einen Fjord kennst du.« Herr Kowalski klopfte mir anerkennend auf die Schulter.

»Oder warst du schon in Norwegen?« fragte er plötzlich.

Ich schüttelte den Kopf.

Wir setzten uns wieder an den Esstisch im Wohnzimmer. Herr Kowalski goss mir ein Glas Apfelsaft ein. Ich musste immer noch an das Gemälde über seinem Bett denken.

»Herr Kowalski, können Sie mir sagen, wie haben Sie das Orangerot in Ihrem Bild hinbekommen, oder heißt es nicht Orangerot?«

»Du meinst die Haarfarbe der Frau im Bild?«

Ich nickte.

»Wieso fragst du?« Er sah mich ernst an.

»Ich möchte sie für meine Mutter auch benutzten. Ich meine, für ihre Haare in meinem Bild.«

»Hat sie diese Haarfarbe?«

»Nein«, log ich und mir schoss sogleich das Blut in den Kopf. »Ich dachte nur...diese Farbe würde gut in mein Bild reinpassen.«

»Die Farbe heißt, so glaube ich jedenfalls, flammenrot. Sie ist sehr schwer zu mischen. Ich selbst habe es lange ausprobieren müssen. Das Betriebsgeheimnis dabei ist, man muss eigentlich ein bisschen Blau darunter mischen, damit es weder zu gelb noch zu rot aussieht. Aber das kann ich dir so abstrakt nicht erklären. Ich muss dir das vormachen. Nicht hier und heute, später in der Schule vielleicht. Meine Frau schimpft ja immer, wenn ich meine dreckigen Malutensilien auspacke.« Er schaute verschmitzt in Richtung seiner in der Nähecke sitzenden Frau. Belustigt blickte sie uns beide an.

Plötzlich stand er auf und ging noch einmal in sein Schlafzimmer. Er kam mit einem großen in Leder gebundenen Buch zurück. Der Titel war in Gold geprägt: »Edvard Munch: Der Lebensfries«

»Wenn dir das Flammenrot gefällt, wird dir Edvard Munch sicher auch gut gefallen. Er ist ein norwegischer Maler und benutzt laufend diese Farbe für die Haare der Frauen in seinen Gemälden. Anscheinend kommt diese Haarfarbe bei Norwegerinnen öfters vor.«

»NEIN!« schrie ich.

»Nein zu was?« Herr Kowalski war verblüfft. Frau Kowalski schreckte auf und sah zu mir herüber.

Ich wusste keine Antwort.

»Ich glaube, er ist schon müde. Ich gehe jetzt für ihn das Bett machen.« Frau Kowalski legte ihr Häkelzeug beiseite und ging ins Zimmer ihrer Tochter. »Katrin, komm, du schläfst heute bei uns.«

»Du schläfst heute in Katrins Zimmer. Ist das in Ordnung für dich? Ein Gästezimmer haben wir nicht. Soll ich dir das Buch ausleihen? Sonst stelle ich es wieder in den Schrank«, fragte mich Herr Kowalski.

»Ja, bitte.« Selbstverständlich wollte ich das Buch haben. Der Maler war doch ein Landsmann und Namensvetter von mir!

»Bitte sorgfältig damit umgehen. Es ist ein sehr wertvolles Sammlerexemplar.«

*

»**D**ein Lehrer ist aber wirklich progressiv, wenn er dir so was gibt! Sieh mal diese nackte Frau an!« Wie immer packte Hans noch vor mir meine Mitbringsel aus und heute hatte er schon zu Herr Kowalskis Buch gegriffen, noch bevor ich selber einen Blick hineinwerfen konnte.

Es war eine ganzseitige Farbabbildung: Eine Frau im weißen bis unter den Bauch geöffneten Kleid steht vor einem Wald und blickt mit weit aufgerissenen Augen den Betrachter an. Die Finger beider Hände hat sie tief in ihren langen Haaren vergraben. Rauft sie sich die Haare? Die Haare sind so flammenrot wie die meiner Mutter! Aber der verzweifelte Blick der Frau war mir unangenehm. So einen Blick hatte meine Mutter nicht.

»Die Brüste hat er aber nicht richtig gemalt, in Wirklichkeit nur angedeutet«, kommentierte Hans wie ein Kunstkenner.

»Hast du überhaupt schon mal die Brüste einer Frau gesehen?« fragte ich ihn.

»Kannst du dich nicht mehr an die Brüste deiner Mutter erinnern? Ich schon!«

Ich wurde rot.

»Guck mal, hier versteckt sich noch ein Mann!« rief Hans.

Das stimmte. In der linken unteren Ecke des Bildes duckt sich ein Mann. Seine linke Hand liegt auf seinem Kopf, als leide er unter Kopfschmerzen oder als drücke er seinen Kopf nach unten. Schaut er nur in ein Loch im Waldboden oder fürchtet er sich vor etwas?

»Der Wald brennt! Sieh mal, hinter der Frau ist es überall rot!« Hans hatte wieder etwas entdeckt.

Tatsächlich. Das Flammenrot des Haares der Frau breitet sich zwischen den Bäumen im Hintergrund aus, als sei der Wald von ihrem Haar angezündet. Verbirgt also der Mann sein Gesicht, um es vor den Flammen zu schützen?

»Die Asche«, lasen wir gemeinsam den Titel dieses Gemäldes. Weiter unten war noch ein Zitat von Edvard Munch abgedruckt:

Die Liebe hinterlässt, genau wie die Flamme, auch nur einen Haufen Asche.

»Aha, das Bild ist eine Metapher. Der Mann flüchtet nicht vor einem wirklichen Waldbrand, sondern vor der Liebe. Deswegen sieht die Frau so verzweifelt aus. Das habe ich jetzt kapiert!« fasste Hans stolz zusammen.

»Wieso denn? Die Liebe ist doch etwas Schönes.«

»Das weiß ich doch nicht. Ich habe doch keine Frau!«

In der darauf folgenden Woche bat mich Herr Kowalski nach dem Werkunterricht, am nächsten Tag mit meinem Ölbild in sein Büro zu kommen: »Ich werde dir zeigen, wie man das Flammenrot hinkriegt. Ich hab's dir doch versprochen.«

Als ich in sein Büro kam, lagen auf seinem Schreibtisch schon die Schätze bereit: ein Holzkasten gefüllt mit mehreren großen Tuben »Künstlerölfarben«. Wie klein waren dagegen die Tuben meiner Kinderölfarben! Er entnahm dem Kasten die Farben Rot, Gelb und Blau und legte eine Palette, einen Pinsel und ein kleines Stück Leinwand auf den Tisch. Seine Bewegungen waren feierlich und zeremoniell, wie die eines Priesters bei der Wandlung.

Bevor er die Farben zu mischen begann, zauberte er aus der Innentasche seines Anzuges ein kleines blaues Seidenetui hervor. Es enthielt eine flammenrote Haarsträhne. Ich musste sofort an das Haar meiner Mutter denken!

»Wundere dich nicht. Ich habe zwar ein gutes Gedächtnis, aber an Farben kann ich mich nicht so exakt erinnern. Die sind doch was ganz Flüchtiges und schwer Fassbares. Ich muss deswegen diese Haare als Vergleichsobjekt nehmen.«

»Woher kommen die?« Von seiner Frau konnten die nicht sein, sie hatte hellblonde Haare.

»Die hat mir eine junge Frau vor vielen Jahren geschenkt.«

»Und die verblassen nicht?«

»Nein, zu meinem eigenen Erstaunen. Ich dachte am Anfang auch, sie hat ihre Haare vielleicht gefärbt. Denn es ist wirklich eine Haarfarbe, die man sonst nirgendwo sieht. Aber die Farbe bleibt wirklich über die Jahre erhalten. Das beweist, dass ihre Haare echt sind!«

Herr Kowalski machte sich an die Arbeit. Er mischte kleine Mengen von Rot und Gelb, gab ein bisschen Blau dazu und probierte die Mischung an dem kleinen Leinwandstück aus.

»Jetzt haben Sie es!« rief ich, als die Mischung genau mit der Farbe der Haarsträhne übereinstimmte.

»Hast du dein Bild dabei?«

»Jawohl!« Ich rollte das Ölgemälde aus, das meine Mutter im Schaukelstuhl sitzend darstellte.

»So, jetzt kannst du ihre Haare malen.« Herr Kowalski drückte mir seinen Pinsel in die Hand.

»Herr Kowalski, machen Sie es bitte. Sie haben doch die Farbe gemischt.«

»Wirklich? Soll ich es machen? Hast du so ein Vertrauen in mich?«

Das war nur eine Floskel, denn schon bewegte er den Pinsel über das Bild.

Mit feinen, zarten Strichen übermalte Herr Kowalski die vorher von mir dunkelbraun gefärbten Haare meiner Mutter. Am Anfang malte er noch schwunglos, fast zögerlich, zog jedes Haar einzeln, aber bald fand er den richtigen Takt und bewegte sein Handgelenk im Rhythmus eines Virtuosen, der aus der Klaviatur der Farbtuben zauberhafte Farbklänge hervorzubringen versteht. Den Schlussakkord bildete die Anlage eines feinen ätherischen Lichtklangs, der den Kopf meiner Mutter wie einen Heiligenschein umgab. Erzeugt wurde diese Aura durch Beimischung von reichlich Weiß und Gelb zu der sich auf der Palette befindenden flammenroten Farbpaste.

Ich sah auf die Haarpracht meiner Mutter, die aus der Hand Herrn Kowalskis emporgewachsen war, dann auf sein eigenes zerzaustes verfilztes Haar, und ich konnte es nicht fassen, warum er mit einem Gemälde viel sorgfältiger umgehen konnte als mit sich selbst!

»So, fertig!« Er setzte den Pinsel von der Leinwand ab. »Bist du mit mir zufrieden?«

»Oh ja!« antwortete ich verschämt.

Leider stellte sich heraus, dass das Flammenrot zu sehr ins Auge stach und nicht so ganz mit den übrigen, meist dunklen Farbtönen des Bildes harmonierte. Aber das störte mich nicht. Ich sah meine Mutter leibhaftig vor mir!

»Soll deine Mutter immer noch ohne Augen bleiben?« Herr Kowalski sah mich erwartungsvoll an. Nach den Haaren hatte er offenbar noch Lust auf mehr!

Ich schüttelte den Kopf.

»Das ist auch gut so. Das gibt der Person etwas Geheimnisvolles.«

Ich wollte mich gerade bei ihm bedanken, als er sagte: »Ich habe von einem Malwettbewerb für Westberliner Schüler gehört. Du solltest unbedingt dein Bild einsenden. Du gewinnst hundertprozentig einen Preis!«

Aber mein Bild, es war nur ein Stück Leinwand, nicht mal auf einen Keilrahmen gespannt, es war gar nicht präsentierbar.

Als könne er meine Gedanken lesen: »Du kannst dein Bild hier in meinem Zimmer lassen. Die Farbe muss sowieso erst trocknen. Um den Rest kümmere ich mich.«

Z wei Monate später gewann ich mit dem Ölgemälde, das meine Mutter im Schaukelstuhl darstellte, den ersten Preis des »Schülermalwettbewerbs der Stadt Berlin« für die Altersklasse bis zwölf. Die Preisverleihung und Ausstellung der preisgekrönten Arbeiten sollte im Rathaus Schöneberg, dem damaligen Sitz des Westberliner Bürgermeisters, stattfinden. Der Bürgermeister sollte persönlich anwesend sein und den Preisträgern eine Medaille und das Preisgeld überreichen. Frau Herzog, Frau Lehmann, ihr Sohn und Herr Kowalski hatten sich extra freigenommen, um an der Zeremonie teilzunehmen. Auch Hans nahm ich zu der Preisverleihung mit, der sich dafür wie ein Mädchen eine Stunde lang vor dem Spiegel herausgeputzt hatte.

Das Rathaus Schöneberg war ein gigantischer Sandsteinbau, der im Krieg fast vollkommen zerstört wurde und gerade erst seit einem Jahr wiederaufgebaut worden war. Auf dem Glockenturm, der sich aus der Mitte des langen Gebäudes erhob, wehte die Flagge der Stadt Berlin mit dem schwarzen Berliner Bären.

Als ich das Rathaus betrat, sah ich direkt mein eigenes Gemälde. Es hing, von kleinen Scheinwerfern beleuchtet, hinter dem Rednerpult auf einer großen weißen Stellwand, die so vor der mächtigen Marmorwand zwischen zwei Marmorsäulen aufgestellt war, dass meine auf dem Schaukelstuhl sitzende Mutter das Zentrum des Foyers beherrschte.

Und in was für einem Rahmen! Ein stark profilierter antiker Holzrahmen mit einem aufwendigen Schnitzwerk aus Blütenranken, Blattborten und Eierstäben; die dunkelbraune Farbe harmonierte vollkommen mit den in meinem Gemälde verwendeten Erdfarben. Allein dieser außergewöhnliche Rahmen hob mein Bild aus den Bildern der übrigen Preisträger heraus. Hatte Herr Kowalski den Rahmen für mich gekauft? Hatte er sich so für mich verausgabt, obwohl er gar nicht reich war? Ich suchte ihn in der Masse der Festgäste. Ich fand ihn scheu in einer Ecke stehend, so als wolle er nicht gesehen werden. Einen besseren Anzug hatte er zwar angezogen, sich aber immer noch nicht ordentlich rasiert und frisiert.

Der Bürgermeister von Berlin trat aus einer Seitentür. Weißes Hemd, schwarzer Anzug, schwarze Schuhe. Seine silbergraue Krawatte betonte noch die Bauchkugel, die aus seinem geöffneten Jackett ragte. Sein aufgedunsenes fleischiges Gesicht mit den schmalen dunkel geränderten müden Augen ließ an einen lebenssatten, gelangweilten, solcher Veranstaltungen wie dieser Preisverleihung längst überdrüssigen Mann denken, der hier nur seiner beruflichen Pflicht nachkam. Er stieg zielstrebig auf das Rednerpult und las seine vorbereitete Rede aus einem Manuskript vor.

Ich kann mich heute kaum noch an seine Worte erinnern. Ich weiß nur noch, dass er stark nuschelte und von einer »Leistungsschau der Nachwuchskünstler« und vom »kreativen Potential der Stadt Berlin« sprach. Jedenfalls gab er nur Gemeinplätze von sich und ging nicht inhaltlich auf die Arbeiten der Preisträger ein. So kann er seine Rede später sicher für andere Anlässe wieder verwenden, dachte ich.

Nach der Preisverleihung gab es einen Empfang mit üppigem Büffet. Auf einem großen weißgedeckten Tisch standen Karaffen mit Mineralwasser, verschiedenen Säften und Wein. Auf stählernen Servierplatten lagen mit Gurken, Eischeiben und Tomaten garnierte Wurst- und Käsebrötchen und mit Salzheringen und Zwiebeln belegte große Graubrotscheiben. Verschiedene Sorten Kuchen waren in Mustern auf Glasplatten arrangiert.

Alles sah sehr appetitlich aus. Leider verspürte ich überhaupt keinen Hunger. Ich zog mich in eine ruhige Ecke zurück und beobachtete die Anwesenden. Frau Herzog plauderte angeregt mit einigen neuen Bekanntschaften. Mit leuchtenden Augen erzählte sie stolz, dass der Gewinner des ersten Preises aus ihrem Kinderheim komme. Frau Lehmann ruhte sich auf einem Stuhl aus und hatte wie immer ihr liebevolles und doch souveränes Lächeln. Sogar ihr Sohn, der eigentlich mein Vormund war, sich aber gar nicht um mich kümmerte und sich meist so schnell wie möglich verdünnisierte, blieb heute und trank einen Wein nach dem anderen. Herr Kowalski unterhielt sich mit einem anderen Lehrer meiner Schule und warf mir von Zeit zu Zeit einen anerkennenden Blick zu. Hans hüpfte auf seinen Krücken umher und schmunzelte, wenn er ein schönes Mädchen sah.

Das waren also die Menschen meines Deutschlands, die sich hier zum ersten Mal unter einem Dach zusammengefunden hatten. Mir kam schlagartig die Erkenntnis, dass diese Preisverleihungszeremonie der krönende Abschluss meines Abenteuers in diesem Land war, dass jetzt endlich die Zeit für mich gekommen war, zu gehen. Ich sah auf das Bild meiner Mutter hinter dem Rednerpult. Dort wollte ich nun hin, zu ihr, endlich, nach zwei Jahren. Sie wartete doch schon auf mich in ihrem Schaukelstuhl!

»Bist du Friedrich Schmidt, der Preisträger? Ich bin Reporter der Neuen Berliner Zeitung. Komm, ich mache ein Foto von dir mit dem Bürgermeister!« Ein Mann mit einer großen Kamera riss mich aus meinen Gedanken. Der Bürgermeister stand schon vor meinem Gemälde und wartete ungeduldig auf mich.

»Frau Herzog, Frau Lehmann, Herr Lehmann, Herr Kowalski, kommen Sie bitte! Hans, komm du auch hierher! Wir machen das Foto zusammen!« rief ich, als ich mich vor den Bürgermeister stellte. Seine Bauchkugel drückte gegen meinen Rücken. Er legte auch noch seine Hand auf meine Schulter.

Der Reporter wollte schon auf den Auslöser drücken. Herr Kowalski blieb aber immer noch weg.

»Herr Reporter, warten Sie bitte eine Sekunde!« Ich stieß die Hand des Bürgermeisters von meiner Schulter weg und lief zu Herrn Kowalski. Er sträubte sich dagegen, ich musste ihn mit aller Kraft zu den anderen Fotomodellen zerren. Vor der Kamera legte ich seine Hand über meine Schulter, damit die Hand des Bürgermeisters dort keinen Platz mehr finden konnte.

»Bitte alle schön lächeln!« rief der Reporter und knipste.

Das Foto erschien am nächsten Tag großformatig in der Spalte »Unsere Stadt« der Neuen Berliner Zeitung. Herr Kowalski, die größte Person im Bild, lächelte unbeholfen und schaute nicht richtig in die Kamera, als schäme er sich, mit seinem Zottelbart und Zausehaar neben dem Bürgermeister zu stehen. Noch heute versetzt es meinem Herzen einen Stich, wenn ich daran denke, was dieses Foto später für diese Person, der ich so viel zu verdanken hatte, bedeuten sollte.

*

Ich saß im »chinesischen Garten«, also an diesem Tümpel in der Ecke des Schulhofs und wieder sah ich alles mit den Augen eines Touristen, der seinen Urlaubsort bald verlässt. Das letzte Mal hatte ich dieses Gefühl, als Hans und ich gemeinsam die Wehrmachtsauskunftsstelle in Berlin aufgesucht hatten und ich von der verbrecherischen Vergangenheit meines Vaters erfahren hatte. Damals verschwand schlagartig jeder Wunsch, meinen Vater zu suchen und damit verlor ich auch jeden Antrieb, in diesem fremden Land zu bleiben. Nur die Neugier auf die Volksschule und das Gefühl der Verpflichtung Frau Lehmann gegenüber hatten mich noch ein Jahr länger in diesem Land gehalten, aber nach einem Jahr war das nichts Tragendes mehr. Das Land war mir fremd geblieben, vor allem weil die Person, wegen der ich hierher gekommen war, mir bedeutungslos geworden war.

Ich weiß nicht, ob es an dem besonderen frühherbstlichen Licht lag, oder daran, dass ich, seitdem ich malte, die Farben der Natur viel intensiver wahrnehmen konnte, jedenfalls erschien mir an diesem Tag dieser kleine Tümpel nicht mehr so ganz ohne Reiz. Ein strohgelber Lichtschleier hatte sich über die Wasserfläche gelegt, so dass das sonst dunkelgrüne, trübe Wasser jetzt wie Jade tief leuchtete. Die Goldfische glitten dahin wie Riesenrubine und die Spiegelungen der lanzettförmigen hellgrünen Bambusblätter wirbelten wie kleine flinke Messerbündel durch das Wasser.

Ich dachte an die Menschen, die mir in diesem Land begegnet waren. Aber ich dachte an sie nicht mehr als jemand, der sich noch unmittelbar unter ihnen befindet, sondern als jemand, der sich später von einem anderen Land aus an sie zurückerinnert. Ich spürte noch die Wärme, die sie mir spendeten, aber diese Wärme war bereits in meinem Herzen eingeschlossen, während die Personen für mich in die Ferne gerückt waren. Ja, ich fühlte mein Herz als ein Schatzkästchen, das diese Wärme aufbewahrt hatte. Und mit der Gewissheit, dass diese Wärme in mir nie verloren gehen würde, wuchs in mir die Sicherheit, dass ich jetzt gehen konnte, ohne Reue gehen konnte.

Natürlich waren mir auch kalte, unfreundliche Menschen begegnet: die Mitschüler, die mich gehänselt hatten, weil ich ein »Waisenkind« war, und die Jugendlichen, die Steine auf den behinderten Hans, und damit auch auf mich geworfen hatten. Aber die Warmherzigkeit, mit der ich in diesem Land aufgenommen worden war, machte alle negativen Erfahrungen wett.

Ich sah mich bereits wieder auf norwegischem Boden und stellte mir die Wiederbegegnung mit Svein, mit Christian und all den Menschen vor, die mich seelisch verletzt hatten, nicht weil ich ihnen etwas angetan hatte, sondern nur weil ich ein »Deutschenkind« war. Sie werden sich auch nach zwei Jahren nicht verändert haben, sie werden sich weiter von mir abgrenzen, mich herabwürdigen wollen, um sich als etwas Besseres zu fühlen. Aber durch die Ermutigung, die ich in Deutschland erfahren hatte, war ich so selbstbewusst geworden, dass ich diese Menschen nicht nur nicht mehr hassen, sondern ihnen alles würde verzeihen können. Ja ich würde sie vielleicht sogar lieben, da ich jetzt glaubte, dass auch der stumpfeste Mensch die Fähigkeit der Einfühlung besitzt und die Kraft der Liebe ihn verändern kann.

Damit war meine Entscheidung gefallen: In den Herbstferien des Schuljahres 1956 werde ich nach Oslo zu meiner Mutter zurückgehen. Ein letzter Gedanke, den ich vergeblich zu verdrängen versuchte, betraf meinen Vater. Aber ich konnte nicht wirklich an ihn denken, weil ich gar keine Vorstellung von ihm hatte. Er blieb nur ein Name, ein abstrakter, leerer Begriff für mich. Warum kam es mir damals nicht einmal in den Sinn, den Beamten der Wehrmachtsauskunftsstelle um ein Foto meines Vaters zu bitten? Warum hatte ich nicht einmal das Bedürfnis, seine Augen, seinen Mund, vielleicht auch sein Lächeln zu sehen? Warum konnte sich meine Einstellung zu einer Person, um derentwillen ich so viel auf mich genommen hatte, mich sogar in eine Mülltonne begeben hatte, von heute auf morgen um 180 Grad drehen, nur weil ich gehört hatte, er sei ein Verbrecher? Liebte ich ihn wirklich nicht mehr, oder scheute ich mich nur, ihn zu lieben, weil die Liebe zu einem Verbrecher-Vater mich selbst in ein schlechtes Licht rückte? Aber was spielte das für eine Rolle? Ich konnte doch niemanden wirklich lieben, von dem ich gar keine Vorstellung besaß, ich könnte genauso gut den Wind lieben...

Noch während ich am Tümpel saß, schrieb ich einen Brief an meine Mutter. Ich teilte ihr mit, dass ich mir von dem Preisgeld, das ich beim Malwettbewerb gewonnen hatte, eine Flugkarte kaufen werde und spätestens in den Herbstferien zu ihr nach Oslo zurückfliegen werde. Ein genaues Datum legte ich nicht fest. Ich wollte sie überraschen.

*

Es war mein letzter Werkunterricht vor den Herbstferien des Schuljahres 1956. Das Buch »Der Lebensfries von Edvard Munch« hatte ich behutsam in meinen Schulranzen gepackt. Ich wollte es Herrn Kowalski nach dem Unterricht zurückgeben und mich vor meiner Rückreise nach Oslo von ihm verabschieden. Ich wusste allerdings noch nicht, ob ich ihm den wahren Grund meines Verschwindens mitteilen sollte.

Herr Kowalski war an diesem Tag seltsamerweise sehr schweigsam. Er gab uns keine Aufgabe. Das sei der letzte Unterricht vor den Ferien und wir dürften alles machen, was wir wollten, hatte er nur gesagt. Ich sah oft zu ihm hinüber. Er erwiderte meinen Blick aber nicht. Spürt er, dass ich weggehen will?

Nach dem Unterricht, als bereits viele Schüler gegangen waren, kam er zu mir. Lange schaute er mir in die Augen, als warte er darauf, dass ich etwas sage. Ich fühlte mich irgendwie ertappt, aber wobei ertappt?

»Herr Kowalski, ich...«

»Friedrich«, unterbrach er mich. »Ich muss jetzt leider gehen. Ich wollte dir nur sagen, ich bin richtig stolz auf dich. Vergiss die Malerei nicht in den Ferien. Du musst unbedingt so lange weiter dran arbeiten, bis du ein großer Maler wirst!«

Diese Worte brachten mich völlig aus dem Konzept und ich geisterte danach über den Schulhof wie Falschgeld. Ist es vielleicht doch falsch, die Menschen, die mir geholfen haben, so herzlos zu verlassen? Plötzlich fiel mir ein, dass ich Herrn Kowalskis Buch noch bei mir führte. Ich lief sofort ins Gebäude zurück. Die Tür seines Büros stand halb offen.

»Ich habe vergessen Ihr Buch...« Ich ging hinein und was ich sah, ließ mir das Blut in den Adern stocken: Herr Kowalski richtete gerade die Mündung einer Pistole auf seinen Kopf.

»Was machen Sie denn da?! Sind Sie verrückt geworden?!«

»Geh, Friedrich, geh.« Die Pistole bewegte er um keinen Millimeter.

»Warum denn, warum wollen Sie nicht mehr leben?!«

»Du wirst das nicht verstehen. Geh bitte, noch bevor die kommen, bitte.«

»Wer kommt?«

»Die Polizei.«

»Was wollen die denn von Ihnen?«

»Das kann ich dir nicht erklären. Geh, ich bitte dich ein letztes Mal, geh.« Er stützte seinen Arm, die Pistole noch in der Hand, auf den Tisch. Offenbar war sein Arm von der Anspannung, mit der er die Pistole gehalten hatte, ermüdet.

Ich sprang nach vorne und presste meine beiden Hände auf seine Hand.

»Lass mich in Ruhe!« Wütend zog er seine Hand weg. »Lass mich sterben! Ich habe keine Angst vor dem Tod!«

»Aber Angst vor dem Leben!« bellte ich ihn an.

Ihm kamen die Tränen. »Es ist zu spät. Es ist zu spät fürs Leben.«

Draußen hörte man Polizeisirenen. Ich rannte über den Flur zum Balkon und sah tatsächlich einige Polizeiwagen vor dem Schuleingang.

Ich lief wieder zurück in sein Büro.

»Wir können durch den Keller gehen. Von dort kommen wir in das Rückgebäude der Schule und nach draußen.«

Ich zog an seinem Arm. Er blieb aber sitzen. Ich versuchte mit beiden Armen, ihn hochzuheben. Er war aber so schwer wie ein Berg. Wie kann ich einen Berg bewegen, mit bloßen Händen?!

Ich versuchte mein letztes Mittel: ich umschlang seinen Hals und küsste seine tränenden Augen: »Ich liebe Sie, Herr Kowalski, ich liebe Sie!«

Es wirkte. Er stand auf und ging mit mir.

Auf der Rückseite der Schule war noch keine Polizei. Wir gingen hinaus und liefen wie zwei Verrückte von der Schule weg.

»Wohin sollen wir laufen?« Herr Kowalski blieb plötzlich stehen. »Das hat doch keinen Sinn. Früher oder später finden die mich.«

»Zum Wannsee!« Mir schwebte erst einmal nur das große Waldgebiet am Wannsee vor. Aber ich war überzeugt, dass mir bald etwas Besseres einfallen würde.

Es war allerdings ein langer Weg von Steglitz zum Wannsee. »Wir steigen in den Bus ein!« forderte ich ihn auf. Er zögerte, aber ich hatte schon dem Busfahrer gewinkt, dass er halten sollte. Ich zog meinen Lehrer hoch in den Bus und kaufte zwei Fahrkarten. Im Bus hielt ich seine zitternden Hände fest und fühlte mich irgendwie wie der Vater eines großen Buben.

Ich weiß nicht warum, aber ich musste im Bus dauernd an Hans denken. Er wird mir bestimmt helfen, nur er! Plötzlich fiel mir ein, dass Hans und ich einmal einen Luftschutzbunker im Wannsee-Wald entdeckt und darin Räuber und Gendarm gespielt hatten. Kenne ich den Weg noch? Nicht so ganz, aber ich werde ihn schon finden!

Wir stiegen an der Haltestelle »Rathaus Wannsee« aus. Von dort kamen wir direkt in einen kaum frequentierten Teil des Wannsee-Walds. Ich war so glücklich, uns beide problemlos in Sicherheit gebracht zu haben, dass ich Herrn Kowalski fest umarmte. Er sah sehr verblüfft aus, als hielte er sich nicht für liebenswert.

»Kennst du dich so gut in diesem Wald aus?« fragte er mich, als ich ihn durch den Wald führte.

»Natürlich, der Wannsee ist doch mein Zuhause!«

An einer Weggabelung dachte ich kurz nach, ob ich den Weg Richtung Kinderheim einschlagen sollte, um Hans zu informieren. Dann entschied ich jedoch, vom Heim vorerst wegzubleiben. Es war Frühherbst und der Himmel blieb noch mindestens bis 19 Uhr hell. Ich habe sicher genug Zeit, diesen Bunker zu finden!

*

Ich fand den Bunker tatsächlich, tief im Wald versteckt, von Moos überwachsen, die verrostete Gittertür schon halb im Boden versunken. Ich wusste nicht, wie ich diese geistige Achterbahnfahrt ausgehalten hatte. Die ganze Zeit über fühlte ich mich von einer Kraft angetrieben, deren Ursprung ich nicht kannte, die es mir aber erlaubte, ununterbrochen auf Hochtouren zu laufen. Doch sobald ich den Bunker gefunden hatte, verließ mich diese Kraft und ich fiel rücklings zu Boden, direkt vor der Gittertür. Ich konnte gar nicht mehr aufstehen.

Herr Kowalski kniete sich neben mich nieder und sah mich verwundert an wie einen Außerirdischen. Er begriff offenbar ebenso wenig wie ich, woher ich die Kraft gehabt hatte. Dann legte er sich still neben mich auf den mit frühherbstlichem Laub bedeckten weichen Waldboden. Wir schauten gemeinsam in den Himmel und schwiegen. Irgendwann schlief ich ein.

Ich wurde von Rauch geweckt – Herr Kowalski hatte im Eingang des Bunkers mit Waldholz ein Lagerfeuer angezündet.

»Wir müssen jetzt wie die Höhlenmenschen leben!« sagte er lächelnd. Sein erstes Lächeln heute! Das beruhigte mich enorm. Ich hockte mich neben ihn nieder und sah ins Feuer.

Ich hatte meine Frage schon auf der Zunge, als Herr Kowalski von sich aus das Thema ansprach: »Du willst bestimmt wissen, warum die Polizei hinter mir her ist?«

Ich nickte.

»Ich habe vor langer Zeit ein schweres Verbrechen begangen. Ich habe mich zehn Jahre verstecken können. Jetzt haben sie mich doch gefunden. Das nennt man Schicksal.«

Herr Kowalski ist ein Verbrecher? Etwas Unvorstellbareres gibt es nicht!

»Jetzt fragst du dich bestimmt, was für ein Verbrechen ich begangen habe. Du bist zu jung, du wirst es nicht verstehen. Ich kann nur sagen, ich stehe zu meinen Fehlern und bereue zutiefst die Folgen meiner Handlungen. Aber damals wusste ich von nichts. Wäre mir bewusst gewesen, wozu die Dosen dienten, ich hätte mich sofort erschossen.«

»Welche Dosen denn?«

»Ich meine die Konservenbüchsen; ich war für den Transport von Konserven verantwortlich.«

»Ein paar Konservenbüchsen könnten wir jetzt gut gebrauchen«, sagte ich grinsend, um ihn etwas aufzuheitern.

»Das ist nicht lustig, was ich gemacht habe, das ist un-ver-zeih-lich!« antwortete Herr Kowalski ernst.

»Es gibt nichts Unverzeihliches auf dieser Welt!« zitierte ich wie aus der Pistole geschossen Frau Lehmann.

Er strich gedankenverloren über meinen Kopf. »Du kleiner Philosoph. Du bist noch zu jung. Du hast noch nicht genug erlebt.«

Ich fühlte mich zutiefst beleidigt. Nachdem ich sein Leben gerettet habe, sagt er mir so was?

»Unterschätzen Sie mich nicht! Sie wissen gar nicht, wer ich bin, was ich erlebt habe! Ich habe in einem Jahr Deutsch gelernt! Ich habe den Duden auswendig gelernt! Ich habe mir Zeichnen und Malen beigebracht! Alles innerhalb kürzester Zeit! Und ich, so schlau wie ich bin, kann Ihnen sagen, es gibt nur Menschen, die nicht verzeihen wollen! Es gibt nichts, was unverzeihlich ist!«

Er sah mich irritiert an: »Bist du kein deutsches Kind? Ich meine, bist du kein Deutscher?«

»Nein, ich komme aus Norwegen.«

»Aber du hast doch einen deutschen Namen.«

»Den habe ich...erfunden.«

»Du hast uns also die ganze Zeit belogen?«

»Ja.« Ich errötete.

»Du hast dir damit die Leistung deines Kinderheims und meiner Schule erschlichen?«

»Ja, es tut mir sehr leid!«

»Das nennt man in Deutschland Betrug! Jetzt verstehe ich, wieso du Verzeihung predigst. Weil du selbst ein Verbrecher bist! Du denkst, du sagst einmal ›Es tut mir leid!‹ und schon sind andere in der Pflicht, dir zu verzeihen! Du willst damit in Wirklichkeit nur dein schlechtes Gewissen beruhigen!«

Nein, so simpel war es nicht. Ich glaubte an das Verzeihen unabhängig von meiner eigenen Person. Wenn es um mich ging, stand ich durchaus zu meinen Fehlern. Aber das konnte ich Herrn Kowalski nicht erklären, er hätte es mir sowieso nicht abgenommen. Deswegen schwieg ich, er auch. Wir zwei Verbrecher hockten nebeneinander auf dem feuchten Moos im Eingang eines Weltkriegsbunkers und starrten in die Flammen unseres Lagerfeuers.

Unvermittelt brach Herr Kowalski sein Schweigen: »Wieso bist du hierher gekommen? Konntest du in Norwegen nicht zur Schule gehen?«

»Ich habe meinen Vater gesucht.«

»Ist dein Vater Deutscher?«

»Ja.«

»Dann bist du doch ein deutsches Kind. Wieso hast du eben nein gesagt?«

»Ich weiß selbst nicht, was ich bin. Man nennt mich ›Deutschenkind‹ in Norwegen. Bin ich Norweger oder Deutscher? Keine Ahnung.«

»Ist deine Mutter Norwegerin?«

»Ja.«

»Und dein Vater war als Soldat in Norwegen?«

»Ja.«

»Wo genau?«

»Ein ganz kleines Dorf namens Støldal, das kennen Sie bestimmt nicht, das kennen nicht mal die Norweger.«

Herr Kowalski wandte sich mir zu und sah mich ernst an: »Wie heißt deine Mutter?«

»Inger.«

»Der Nachname?«

»Nerhus.«

Herr Kowalski verbarg seinen Kopf zwischen seinen aufgestellten Knien und zitterte.

»Geht's Ihnen schlecht?« fragte ich ihn.

»Nein, mir ist nur ein bisschen kalt.«

Dabei saßen wir direkt am Feuer!

»Wie heißt dein Vater?«

»Friedrich Lange.«

Herr Kowalski zitterte weiter. Ich lehnte mich an ihn und legte meinen Arm über seinen Rücken.

»Hat dir deine Mutter seinen Vornamen gegeben?«

»Nein, ich heiße in Wirklichkeit Edvard. Den Namen Friedrich benutze ich nur zur Tarnung.«

»›Edvard‹ wie bei Edvard Munch?«

»Genau, Edvard mit v.«

Er schwieg, seinen Kopf immer noch zwischen den Beinen.

Nach einer sehr langen Weile fragte er verunsichert: »Ist deine Mutter auch in Berlin?«

»Nein, sie wohnt in Oslo.«

»Weiß sie, dass du hier bist?«

»Lange Zeit nicht. Aber jetzt schon. Ich schicke ihr meine Zeichnungen in der letzten Zeit. Ich gehe auch bald zu ihr zurück.«

»Hast du deinen Vater gefunden?«

»Nein. Aber ich habe einiges über ihn rausgekriegt.«

»Was?«

»Er war ein großer Verbrecher im Nationalsozialismus. Er hat viele Juden getötet. Nein, so genau stimmt's nicht. Er hat da mitgewirkt sozusagen.«

Herr Kowalski streckte seinen Kopf ruckartig wieder hoch und wandte sich mir zu. Seine Augen waren rot: »Würdest du ihm verzeihen, wenn du ihn sehen würdest?«

»Was er den Juden angetan hat, dafür bin ich nicht der Ansprechpartner. Was er mir und meiner Mutter angetan hat, das werde ich ihm verzeihen. So glaube ich jedenfalls. Meine Mutter bestimmt auch. Aber das spielt auch keine Rolle mehr. Er ist bestimmt schon tot.«

»Was hat er dir und deiner Mutter angetan?«

»Er hat uns doch verlassen.«

»Hat deine Mutter nicht wieder geheiratet?«

»Nein. Sie ist immer allein.«

»Wie in deinem Bild? Sitzt sie immer so im Schaukelstuhl?«

»Ja, so sitzt sie immer allein in ihrem Zimmer.«

»Liebt sie deinen Vater noch? Was hat sie dir von ihm erzählt?«

»Gar nichts. Aber sie liebt ihn noch, das fühle ich.«

Langes, andächtiges Schweigen.

Aus der Stille kam unerwartet leise – so als habe er Bedenken, die Heiligkeit des Augenblicks zu zerstören – die Frage: »Wie bist du denn überhaupt nach Berlin gekommen?«

Ich erzählte Herrn Kowalski von meinem Abenteuer von Oslo über Hamburg nach Berlin. Ich schilderte ihm meinen großen Aufbruch in der Mülltonne, meine Begegnungen mit dem Wachmann auf dem Fährschiff, dem asiatischen Lastwagenfahrer, dem Obdachlosen am Bahnhof Zoo, dann mit Frau Lehmann und Hans. In der Zwischenzeit warf Herr Kowalski immer wieder Holzstücke ins Feuer oder stocherte mit einem Ast in der Glut herum. Ich fühlte mich wie ein alter Seebär, der sein kleines Enkelkind in seine Abenteuer auf hoher See, in fernen Ländern und mit wildfremden Menschen einweiht.

»So, jetzt ist meine Geschichte zu Ende!« Ich wandte mich Herrn Kowalski zu und sah im Widerschein der Flammen zwei Tränenrinnen in seinem Gesicht.

»Was ist mit Ihnen, Herr Kowalski?«

»Das ist der Rauch, der brennt in meinen Augen.«

*

Als ich am nächsten Morgen aufwachte, bemerkte ich, dass Herr Kowalski seinen Anzug um mich gewickelt hatte. Er selbst lag im dünnen Hemd auf dem kalten Bunkerboden und sah ausgezehrt und schwach aus. Hat er die ganze Nacht so geschlafen?

»Ich muss mich heute leider ein bisschen schonen«, murmelte er. Er war leichenblass.

Ich berührte seine feuchte Stirn, sie brannte wie Feuer. Er hatte Fieber! Und mir wurde erst in diesem Moment klar, dass wir überhaupt nichts dabei hatten, nichts zu essen, nichts zu trinken, schon gar keine Medikamente!

»Warten Sie auf mich, ich komme in einer Stunde wieder!«

Nur Hans kann uns retten! Ich rannte wie ein Irrer durch den Wald in Richtung Kinderheim. Überraschend schnell fand ich den Weg dorthin. Am Ende des Pfades parkte jedoch ein Polizeiwagen! Ich machte einen Umweg um den Hof und sah meinen Erzieher Herrn Moritz mit einem Polizisten im Gespräch vertieft. Er machte einen sehr besorgten Eindruck. So ein Pech! Ich schlich mich in weitem Bogen um den Hof herum und hoffte, Hans zu sehen. Er war aber nicht da. Glotzt er sich etwa wieder im Spiegel an oder was?

Verzweifelt setzte ich mich unter einen Baum und konnte nur hinauf zu Gott beten: »Lass Hans rauskommen, lass ihn rauskommen!«

Ich weiß nicht, wie lange ich gebetet habe. Aber er kam tatsächlich heraus in den Hof! Auf seinen Krücken humpelte er heran und schaute suchend um sich, wie ein Herrchen, das seinen Hund verloren hat. Ich warf zwei Steine nach ihm. Die trafen, er schaute aber immer noch woanders hin. Dieser Idiot! Ich warf noch zwei, und er wandte sich endlich in meine Richtung. Ich sprang auf und winkte ihm. Er schnellte wie ein Wildschwein auf mich zu und schrie:

»Ich hab's gespürt, ich hab's gespürt, dass du da bist! Was für ein Wunder!«

Ich drückte meine Hand auf seinen Mund: »Hans, ich brauche deine Hilfe. Ich habe keine Zeit, dir alles zu erklären. Ich brauche etwas zu essen, zu trinken, anzuziehen, für zwei Leute. Und bitte klau noch Medikamente gegen Fieber aus dem Medizinschrank. Und noch zwei Decken und Streichhölzer bitte!«

Hans besorgte alles innerhalb von zehn Minuten: »Pass gut auf dich auf!« Er sah mir mit glänzenden Augen nach, als ich ging.

Herr Kowalski war halb ohnmächtig, als ich wiederkam. Ich flößte ihm Wasser ein und verabreichte ihm die Medikamente. Dann wickelte ich die zwei Decken um ihn und legte noch Brot und Kekse neben ihn. Als er wie ein Neugeborenes in seinen Windeln einschlief, verließ ich den Bunker.

Die ganze Zeit hatte ich eine derartig unerklärliche Zuneigung zu Herrn Kowalski empfunden, dass ich unbedingt Distanz brauchte, um überhaupt zu mir selbst zu kommen und über das Geschehene nachzudenken. Warum hatte ich ihm so geholfen, dafür sogar eventuell gegen Gesetze verstoßen? War es nur aus Dankbarkeit dafür, dass er mich in meiner Kunst so gefördert hatte? Oder war diese Zuneigung, ja diese Liebe zu ihm etwas Tieferes und Grundlegenderes? Worin bestand genau sein Verbrechen? Was wäre, wenn das ein Verbrechen war, wie mein Vater es begangen hatte, oder sogar etwas noch Schlimmeres? Wäre er mein Vater, würde ich ihm verzeihen? Und was wäre, wenn ich ihm verzeihen würde, aber die Menschen, gegen die er sich verbrochen hatte, ihm nicht verzeihen und ihm sogar den Tod wünschen würden? Würde sich das negativ auf meine Liebe zu ihm auswirken? Was ist denn die Liebe? Gehorcht sie den Gesetzen der Physik oder ist sie eine rationale Entscheidung, etwas, das man abwägen, ja sogar berechnen kann; oder ein Handel, also ein Geben und Nehmen? Oder ist sie unberechenbar und überkommt einen, ohne dass man sich dagegen wehren kann?

Diese Fragen gingen mir durch den Kopf, als ich plötzlich vor meinem geistigen Auge wieder dieses Bild von Herrn Kowalski sah, wie er mich bei der Preisverleihung im Berliner Rathaus aus der Ferne schweigend aber fest anblickte. Das war ein Blick des Vertrauens und dieser Blick gab mir die Antwort auf alle Fragen, die ich mir gestellt hatte.

Ich war enorm erleichtert und bemerkte erst jetzt, dass ich seit der Flucht gar nichts zu mir genommen hatte. Ich bekam plötzlich Hunger und Lust auf etwas Feines. Es war Herbst und damit die Zeit der Pilze. Es hatte einige Tage geregnet und wurde nun sehr schwül im Wald. Da schießen die Pilze doch wie wild aus dem Boden! Ich fand in der Eile leider keine Steinpilze, sondern nur Birkenpilze und Maronen-Röhrlinge, dafür aber riesengroße. Auf dem Rückweg stieß ich noch auf einen Edelkastanienbaum, solche gab es nur wenige am Wannsee, während Rosskastanienbäume hier haufenweise zuhause waren. Was für ein Glück! Die Kastanien waren jedoch gerade erst vom Baum gefallen und noch in ihrer stachligen Haut eingeschlossen. Ich quetschte mit meinen Schuhen die Schalen auf und pickte mit den Fingerspitzen die braunen Kastanien heraus. Manchmal wurden meine Finger trotz aller Vorsicht scharf gestochen, aber um der Köstlichkeit willen konnte ich das ertragen!

Als ich wieder zurück in den Bunker kam, saß Herr Kowalski mit dem Rücken gegen die Wand gelehnt auf dem Boden, sein Gesicht war nicht mehr so blass wie vorher. Ich entfachte ein neues Lagerfeuer und warf die Kastanien direkt hinein, so wie man es mit Kartoffeln macht. Mein Taschenmesser benutzte ich als Spieß und grillte damit die Pilze über der Flamme. Der Geruch der anbrennenden Kastanien mischte sich mit dem feinwürzigen, fast blumigen Duft der Pilze, so dass in meiner Fantasie gerade das Bild eines delikaten Wildgerichtes aufstieg, als Herr Kowalski fragte:

»Das sind keine Giftpilze, oder?«

»Vertrauen Sie mir nicht?« fragte ich zurück.

Er lächelte: »Duze mich doch ab jetzt, Edvard. Nenne mich Alexander.«

Offenbar hatte Herr Kowalski, nein Alexander, volles Vertrauen in mich. Denn er vertilgte die ihm unbekannten Waldpilze, ohne mit der Wimper zu zucken. Die Kastanien aß er, besser schlang er gierig hinunter, ohne die herbe pelzige Innenhaut abzuziehen. Ich gab ihm so viel ich nur konnte, obwohl ich selbst Hunger hatte. Sein hungriges Gesicht sehe ich heute noch vor mir, und wie sehr wünsche ich mir, ich könnte ihn noch einmal so maßlos »füttern«.

»Das war sehr lecker, Edvard. Hast du das alles in Norwegen gelernt?« fragte er zufrieden.

»Nein, hier im Kinderheim. Pilze- und Kastaniensammeln mache ich am liebsten.«

»Gestern hast du erzählt, dass du bald zu deiner Mutter zurückgehen willst. Hast du jetzt genug von Deutschland?«

»Nein, aber ich will meine Mutter nicht länger alleine lassen.«

»Aber du hast auch erzählt, dass man in Norwegen die ›Deutschenkinder‹ sehr schlecht behandelt. Du hast selbst auch furchtbare Sachen erlebt. Hast du keine Angst mehr davor?«

»Nein, nicht mehr. Früher hat mich das sehr gekränkt. Aber jetzt kann ich alles ertragen. Ich verzeihe all diesen Leuten. Und ich bin mir sicher, sie werden früher oder später selbst einsehen, dass sie einen Fehler gemacht haben.«

Alexander strich über meinen Kopf und fuhr fort: »Entschuldige bitte meine Fragerei, aber wünschst du dir, dass dein Vater wieder zu dir, zu deiner Mutter kommt, falls er noch am Leben ist?«

Eine schwierige Frage. Ich musste erst nachdenken, bevor ich die Antwort geben konnte: »Das macht meine Mutter bestimmt froh. Dann bin ich auch froh.«

Alexander lächelte: »Hier in der Nähe ist doch die Glienicker Brücke, stimmt's?«

»Ja, nicht weit von hier, ungefähr eine halbe Stunde zu Fuß.«

»Ich habe eine Idee, wie ich von hier wegkommen kann. Rate mal, was das ist. Ich will testen, ob du meine Gedanken lesen kannst.«

Die Glienicker Brücke, die die Havel überspannt, das ist doch die Grenze zwischen der BRD und der DDR. Will er etwa in die DDR flüchten? Ein »umgekehrter Flüchtling«, flüchteten alle anderen doch von der DDR in die BRD.

»Du weißt es schon. Das sehe ich dir an.«

»Willst du, willst du in den Osten rübergehen?« fragte ich ihn.

»Genau! Das klingt zwar verrückt, aber das ist meine einzige Möglichkeit. Ich will dich auch nicht länger mit meinem Problem aufhalten.«

»Jagen die dich in der DDR dann nicht mehr?«

»Ich glaube nicht, dass die Arme der Leute, die mich jagen, bis in die DDR reichen. Die DDR selbst hat meines Wissens seit einem Jahr keinen Prozess mehr gegen Verbrecher wie mich geführt – die haben anscheinend das Interesse daran verloren. Außerdem kenne ich dort Leute aus früheren Zeiten, die in hohen Positionen sitzen. Eventuell werden sie mir helfen, abzutauchen. Auf jeden Fall sehe ich dort bessere Überlebenschancen als hier, wie absurd es sich auch anhört.«

»Hans hat mir aber erzählt, die Glienicker Brücke ist für Zivilpersonen komplett gesperrt. Manchmal werden dort sogar Flüchtlinge erschossen. Er hat mich immer davor gewarnt, in die Nähe dieser Brücke zu gehen.«

»Das weiß ich auch. Rübergehen kann man natürlich nicht, man muss rüber schwimmen! Und zwar nachts. Vielleicht gehen wir, oder ich allein, erst einmal die Umgebung auskundschaften.«

Ich war zwar auch begeistert von der Idee, gab aber trotzdem noch zu Bedenken: »Hast du keine Angst vor Wildschweinen? Nachts laufen die hier doch massenweise herum.«

»Nein, vor den Wildschweinen habe ich keine Angst. Die machen den Menschen normalerweise auch nichts. Ich habe nur Angst davor, dass ich dich nie mehr wiedersehe. Könnte ich dich später in Oslo besuchen? Ich meine, wenn ich überhaupt lebend aus der DDR rauskomme!«

»Aber natürlich! Das musst du sogar!« Ich schrieb ihm sogleich meine Osloer Adresse auf.

Er las nachdenklich die Adresse: »Vielleicht lande ich da drüben doch für viele Jahre im Gefängnis und komme erst als alter Mann raus. Hast du mich bis dahin nicht schon vergessen?«

Für einen Moment sah ich sein Gesicht von schneeweißem Haar und Bart überwuchert. Aber diese grünen Augen, tief wie ein Gebirgssee, wie sollte ich die vergessen können?

»Danke, Edvard, ich hab's verstanden, du wirst mich nicht vergessen. Aber wie ist es mit deiner Mutter? Meinst du, sie lässt mich rein, wenn ich komme? Du hast doch gesagt, sie will keinen Mann im Haus haben.«

Ich zögerte. Meine Mutter hatte tatsächlich noch nie männlichen Besuch gehabt außer von meinem Onkel Erik und einmal von meinem Lehrer wegen meiner Missetat in der Schule. Aber ich wollte Alexander nicht enttäuschen: »Ich denke, wenn du dich ordentlich rasiert hast, wird sie dich bestimmt willkommen heißen!«

»Du hast also die ganze Zeit was gegen meinen Bart gehabt?!«

Hitze stieg in mir auf.

»Ich sehe in Wirklichkeit ganz anders aus. Ich habe diesen hässlichen Bart auch nur zur Tarnung, wie du einen falschen Namen benutzt hast. Wenn ich mich richtig rasiert habe, verliebt sich deine Mutter auf einmal noch in mich!«

»Meine Mutter ist sehr sehr schön. Sie verliebt sich nicht in jeden!«

»Das weiß ich!«

Ich sah ihn erstaunt an: »Woher weißt du das?«

»Von deinen Bildern!«

»Obwohl ich die Augen nicht gemalt habe?«

»Die kann ich mir aus-malen. Ich bin doch auch Künstler!«

*

Da Alexander wegen seines Fiebers noch ziemlich schwach war – vielleicht wollte er auch einfach nur mehr Zeit mit mir verbringen – blieben wir drei weitere Tage im Bunker. Ich traf in der Zwischenzeit noch zwei Mal Hans in der Nähe meines Kinderheims und ließ ihn mir Lebensmittel bringen. Er saß, seit unserem letzten Treffen, nur im Hof und wartete darauf, dass ich wieder auftauche. Immer wenn ich dorthin kam, saß er schon da und wirkte nun wie ein Hund, der sein Herrchen verloren hat.

»Aber du brauchst wirklich nicht den ganzen Tag da rumzusitzen. Ich komme doch nur vormittags, wenn überhaupt!« belehrte ich ihn.

»Darf ich nicht einmal deine Mutter spielen? Sie sitzt doch auch immer auf dem Spielplatz und wartet auf dich!« war seine Antwort.

Als Alexander wieder auf dem Damm war, probte er Schwimmen im Wannsee. »Komm du auch ins Wasser!« rief er zu mir herüber. Aber ich traute mich nicht, mich vor ihm auszuziehen, und ich wäre am liebsten im Boden versunken, als er seine Kleidung ablegte. So saß ich am Ufer und bewunderte insgeheim seinen athletischen Körper und die Art und Weise, wie er, möwenschnell, über die Wasserfläche glitt. Ja er flog eher als dass er schwamm. Er konnte das Wasser so für sich erobern, als sei der Wannsee schon immer sein Revier gewesen. Ich dachte für einen Moment, meine Mutter könnte sich wirklich in ihn verlieben, wenn sie seinen schönen beweglichen Körper sehen würde. Aber dann schämte ich mich wieder meiner sündhaften Gedanken.

Die glücklichsten Momente in diesen Tagen mit Alexander waren die Momente, als wir uns zum Schlafen hinlegten und gemeinsam das langsam erlöschende Lagerfeuer betrachteten, bis uns beiden das Bewusstsein entschwand...

»Weißt du, wie die Malerei entstanden ist?« fragte mich Alexander eines Nachts, als wir auf den Boden gebettet das Schattenspiel des Feuers an der Wand beobachteten.

Ich schüttelte den Kopf.

»Sie entstand in Höhlen, die genau so dunkel und feucht waren, wie dieser Bunker. Der Vorzeitmensch war ein Jäger und Sammler, seine Nahrung bestand also aus erjagten Tieren und Früchten und Kräutern, die er sammelte. Um sich vor der Unbill des Wetters und vor wilden Tieren zu schützen, lebte er in dunklen Höhlen, die er nur karg mit Fackeln beleuchten konnte. Und was glaubst du, was diese Jäger und Sammler in den Höhlen gemacht haben? Natürlich haben sie dort gegessen und geschlafen, aber sie haben auch gemalt. Im flackernden Licht ihrer Fackeln bemalten sie die Höhlenwände.«

»Was haben sie gemalt?«

»Tiere vor allem, Wisente, Hirsche, und so weiter. Die hatten noch keine Schrift, höchstwahrscheinlich auch keine Sprache, aber gemalt haben sie schon.«

»Vielleicht war die Malerei ihre Sprache?«

»Genau! Das glaube ich auch. Aber einige Forscher sind anderer Meinung. Die sagen, die Höhlenmenschen seien nutzorientierte Menschen gewesen. Sie hätten nur gemalt, um Zauber über die Tiere auszuüben und sie besser jagen zu können – die waren doch auf diese Tiere als Nahrungsmittel angewiesen. Für mich ist das eine totale Fehleinschätzung des Zwecks der Kunst.«

»Was ist für dich der Zweck der Kunst?«

»Da muss ich dir eine andere Geschichte erzählen. Ich war in Polen und habe dort riesige Gefangenenlager besucht. Dort waren Tausende, wenn nicht sogar Zehntausende Menschen auf engstem Raum zusammengepfercht. Die hungerten alle. Nur mittags bekamen sie eine dünne Wassersuppe und ein Stück Brot. Wenn sie zu langsam aßen, wurde ihnen das Essen aus der Hand geschlagen oder sie wurden ausgepeitscht oder sogar erschossen. Sie lebten also am Rande des Todes. Aber weißt du, was ich da gesehen habe? Ich habe gesehen, dass unter solchen Bedingungen Menschen zu Zeichenstift und Papier griffen. Die hatten nichts im Magen, konnten sich kaum auf den Beinen halten, aber sie haben gezeichnet und manchmal sogar gemalt. Das zeigt mir, dass die Kunst ein Grundbedürfnis des Menschen ist, wie Essen und Trinken. Sie gibt einem sogar die Kraft, Hunger und Todesangst zu überwinden! Und das ist für mich auch der Grund, warum die Höhlenmenschen gemalt haben. Sie haben gemalt, weil der Mensch sich ausdrücken muss, und dazu ist die Kunst das beste Mittel.«

Wie in einem Film zogen vor mir die Leichenberge vorüber, die ich in dem Buch »Die Endlösung« gesehen hatte. Und mein Vater war mit verantwortlich dafür! Ich musste meine Gefühle sortieren, war es Verzweiflung oder Hass, was da in mir aufkeimte?

»Wieso erzähle ich dir das alles? Weil mir bewusst ist, dass ich bisher noch nichts Genaues zum Stellenwert deiner Bilder gesagt habe. Du denkst bestimmt, ich sei ein stumpfsinniger Typ und könne deine Bilder nicht wirklich verstehen...«

»Nein, so denke ich nicht!«

Alexander lachte: »Vielleicht bin ich auch stumpfsinnig. Aber zur Kunst habe ich durchaus meine eigene Meinung, wobei ich da selbst auch einen geistigen Wandel durchgemacht habe. Früher dachte ich, Kunst habe etwas mit Schönheit, oder mit technischer Perfektion zu tun. Ich hatte gelernt, perfekt zu zeichnen und zu malen. Ich konnte die Menschen schöner malen als sie wirklich sind, und dafür wurde ich auch bezahlt, sehr gut bezahlt. Aber dann bin ich einer jungen Frau begegnet. Sie war keine Künstlerin, aber sie hat mir die Kunst, ja die richtige Kunst beigebracht. Sie hat mir beigebracht, dass Kunst mit Wahrhaftigkeit zu tun hat, mit der Wahrhaftigkeit des Gefühls und der Empfindung, dass man nicht malt, weil man das Malen beherrscht, sondern weil man von einem urmenschlichen Impuls angetrieben wird. Das nenne ich die Wahrheit. Und diese Wahrheit habe ich in deinen Bildern gesehen, wie sie mir sonst nur von wenigen Künstlern bekannt ist. Ja, das ist auch mein Wunsch an dich, dass du dich an der Wahrheit festhältst, dass du in Zukunft nicht fürs Geld, nicht für den Ruhm malst, oder für irgendwas anderes, sondern nur malst, wenn du von einer wahren Empfindung ergriffen bist, so wie die Höhlenmaler und die Künstler in den Gefangenenlagern. Vielleicht machst du das sowieso und dann erübrigt sich meine Predigt auch.«

Im Gedanken kehrte ich gerade in die Steinzeit zurück, als Alexander weitersprach:

»Ich selber bin bei meiner Suche nach der wahren Kunst auf der Strecke geblieben. Dieser verfluchte Krieg hat mich völlig aus der Bahn geworfen. Ich bin ein gescheiterter Künstler, einer, der auf den Spuren von Edvard Munch das Beinchen hob, ein hinter ihm her kriechender Stiljünger. Aber wie hat Munch zu mir gesagt? ›Das Scheitern ist wichtiger als der Tod‹.«

»Du hast Munch persönlich kennengelernt?«

»Oh ja, und zwar nicht nur ich allein!« Alexander grinste mich an und fuhr fort:

»Das Scheitern lässt mich aus diesem Leben hervorgehen mit einer Verachtung für alles, was nicht Kunst ist. Das Leben ist nur ein belangloses Spiel verglichen mit einem richtig über die Leinwand gezogenen Pinsel, einem im Gleichgewicht stehenden Gedicht oder einem wohlgesetzten Akkord. Das Leben, die mechanische, gewöhnliche Wiederkehr des Immer-Gleichen; eine bloße Sache des Gedächtnisses, des Erinnerns. Das Leben findet doch nur in der Erinnerung statt. Ich verachte das erinnerte Leben, ich verachte die sehenden Blinden, die die wahre Kunst nicht zu erkennen vermögen. Ich bin gescheitert, aber nicht blind, es lebe die Kunst!«

*

An dem Tag – wir waren schon fünf Tage im Bunker –, an dem Alexander endlich über die Havel in die DDR rüber schwimmen wollte, wuchs von Minute zu Minute seine Nervosität. Bei Einbruch der Dunkelheit zündete er zum letzten Mal das Lagerfeuer an:

»Edvard, ich will dir vor meiner Reise ins Unbekannte noch etwas mitteilen. Ich weiß nicht, ob ich unterwegs erschossen werde, kann durchaus sein...«

»Nein! Sag so was nicht!« kreischend unterbrach ich ihn.

»Gut, einverstanden. Aber ab jetzt will ich, dass du nur zuhörst, was ich sage, egal ob es dich interessiert oder nicht. Denn es liegt mir sehr am Herzen, dass du das erfährst.«

»Ja, erzähl bitte. Ich höre zu.«

»So, ich fange an. Es hört sich vielleicht wie ein Märchen an, aber das ist kein Märchen. Vor vielen Jahren habe ich eine junge Frau kennengelernt, in einem fremden Land.«

»Welches?«

»Ich habe doch gesagt, nur zuhören, keine Fragen stellen!«

Ich nickte.

»Ich hatte vorher andere Frauen gehabt. Ich war Künstler und ein sogenannter Bohemien. Das ist jemand, der ziemlich leichtfertig mit dem Leben, mit sich und mit Frauen umgeht. Das war damals auch normal, gerade in Berlin...«

Er hatte doch gesagt, er komme aus Polen. Aber ich fragte nicht nach.

»Dann habe ich diese Frau kennengelernt, in diesem fremden Land. Sie war so jung, aber so willensstark. Sie hat mich geliebt und mir das Lieben beigebracht. Sie hat sich mir hingegeben, ohne

irgendetwas von mir zu verlangen. Sie hat mir sogar ein Kind ge-
schenkt, das sie ganz alleine großgezogen hat. Na ja, so groß ist das
Kind noch nicht, aber genauso lieb, genauso willensstark wie seine
Mutter.«

Er sah mich an und fuhr fort: »Ich habe dieser Frau versprochen,
sie zu heiraten. Das wollte ich auch unbedingt. Aber dann musste
ich gehen, von ihr weggehen. Ich wollte es nicht, aber ich hatte
keine Wahl. Ich dachte, ich kann später zu ihr zurückkehren, aber
dann kam der Krieg. Es war vorher schon Krieg, aber dann kam
der Krieg richtig. Ich musste fliehen. Ich war in Polen und ein pol-
nischer Bauer hat mir Schutz geboten. Ich blieb in seiner Hütte fast
ein ganzes Jahr. Seine Tochter verliebte sich in mich, und ich wurde schwach, mein Körper wurde schwach, mein Geist auch. Ich
kann mir nicht erklären, wieso ich so schnell schwach wurde,
wieso ich mich so schnell einer anderen Frau ergeben konnte,
kaum einige Monate nachdem ich getrennt wurde von dieser jungen Frau in dem fremden Land. Vielleicht habe ich Angst gehabt
vor der Liebe, vielleicht fühlte ich mich der Liebe nicht gewachsen,
weil sie so stark, so feurig war, dass sie mich hätte verbrennen
können.«

Vor mir erschien plötzlich das Gemälde »Die Asche« von
Edvard Munch. Ich hatte das Gefühl, dass ich nun etwas von diesem Bild verstanden hatte, zumindest vage verstanden hatte.

»Nachdem der Krieg beendet war, musste ich wieder fliehen.
Und die Tochter des polnischen Bauern – sie ist heute meine Frau –
kam mit mir, weil sie von mir schwanger war. Ich musste in Berlin
unter falscher Identität leben, da ich vorher ein großes Verbrechen
begangen hatte. Dafür hat man mich in Israel zum Tode verurteilt,
ich finde das auch vollkommen richtig. Trotzdem hatte ich Angst
vor dem Tod und wollte leben. Und meine Frau half mir im vom
Krieg zerstörten Berlin die schwerste Zeit meines Lebens zu über-
stehen. Ich benutze sogar ihren Familiennamen als Decknamen
und gebe mich seitdem als vertriebenen Polendeutschen aus, damit

niemand mir auf die Spur kommt und mich nach Israel ausliefert, wo ich sicherlich hingerichtet würde.«

Ich wollte erwähnen, dass auch mein Vater in Israel zum Tode verurteilt wurde, gehorchte aber Alexanders Befehl zu schweigen.

»Und jetzt stehe ich erneut vor der Flucht. Ich weiß nicht, ob sie mir gelingt. Wenn nicht, akzeptiere ich es als Strafe Gottes. Wenn ja, werde ich alles versuchen, um diese Frau in dem fremden Land und unser gemeinsames Kind wiederzusehen. Ich will mein Versprechen ihr gegenüber einlösen. Falls sie mich nicht mehr haben will, will ich ihr trotzdem sagen, dass ich sie immer noch liebe und dass sie die einzige Liebe meines Lebens ist, dass meine Liebe zu ihr stärker ist als alles andere, noch stärker als ich selbst, stärker als das Leben, stärker als der Tod.«

Er weinte. Ich wischte ihm die Tränen ab.

»So, jetzt ist meine Rede zu Ende. Langweilst du dich schon?«

Ich schüttelte den Kopf. Gelangweilt war ich nicht, ich war nur verwirrt, warum er mir gegenüber so sein Herz ausschüttete. Dann fiel mir die Frage ein: »Wie ist denn dein wirklicher Name, wenn ich fragen darf?«

Alexander schaute zu Boden: »Das werde ich dir sagen, wenn ich dich später in Oslo besuche.«

»Wie ist die Polizei dir dann doch auf die Spur gekommen?«

»Ich glaube, das hat mit unserem Foto mit dem Bürgermeister von Berlin in der Zeitung zu tun. Ich hatte bis dahin öffentliche Auftritte immer vermieden. Durch dieses Foto ist ein gewisser Herr Solomon Weichental aus München auf mich aufmerksam geworden. Er jagt solche Verbrecher wie mich. Obwohl ich diesen Bart habe, hat er mich trotzdem erkannt. Bestimmt hatte er mich früher mal ganz genau gesehen. Jedenfalls hat er dann die Polizei informiert.«

Das war das Foto mit mir im Rathaus Berlin! Wozu ich ihn geradezu gezwungen hatte!

»Ich bin schuld dran, Alexander! Alles liegt an mir! Ich habe dein Leben versaut.« Ich heulte.

»Nein, du hast damit nichts zu tun, Edvard. So wollte es der liebe Gott haben. Sei nicht traurig. Ich hatte durchaus genug Zeit zu fliehen. Ein sehr treuer Freund, ehemaliger Kollege von mir, arbeitet bei der Polizei. Er hatte mir schon vor Erlass des Haftbefehls gegen mich davon Bescheid gegeben. Ich floh aber nicht. Ich wollte mein Schicksal akzeptieren. Vielleicht wollte ich dich auch zum letzten Mal sehen, in der Schule.«

»Du wirst das schaffen! Du wirst überleben, Alexander! Ich warte in Oslo auf dich! Ich zeige dir die Fjorde!« Ich fiel schluchzend in seine Arme.

»Kannst du mir noch einen Gefallen tun, Edvard? Kannst du dieses Etui für mich aufbewahren und es mir zurückgeben, wenn ich dich in Oslo besuche?«

Es war das Seidenetui mit der flammenroten Haarsträhne.

*

Alexander löschte das Lagerfeuer. In der Dunkelheit umarmten wir uns einmal ganz fest, bevor wir uns zum Ausgang begaben. Obwohl er mir davon abriet, war ich fest entschlossen, mit ihm gemeinsam bis zum Ufer der Havel zu gehen und seine Flucht mitzuerleben. Wir standen noch im Bunker, als die Stille des Waldes zerstört wurde, als unser Bunker plötzlich im gleißenden Licht einer Sonne, die vom Himmel gefallen zu sein schien, lag. Überlaut dröhnte aus einem Lautsprecher eine erschreckend boshafte Stimme:

»Herr Kowalski, hier ist die Polizei. Kommen Sie aus dem Bunker! Sie sind umstellt! Schicken Sie das Kind raus! Sie haben fünfzehn Minuten Zeit rauszukommen!«

Mich überkam panische Angst und ich begann unkontrolliert zu zittern. Alexander drückte mich fest an sich. Er war starr und kalt wie eine Leiche.

»Was nun, was nun, Alexander?«

»Edvard, geh du raus. Die werden dir nichts tun.«

»Was ist dann mit dir?! Was ist dann mit dir?!«

»Ich beuge mich dem Schicksal.«

Ich hörte, dass er die Pistole aus seiner Hosentasche zog. Ich drehte meinen Kopf und als ich sah, wie er die Pistole gegen seine Schläfe drückte, versuchte ich seinen Arm herunterzureißen. Er aber machte sich steif und bewegte die Pistole um keinen Millimeter.

»Geh bitte, Edvard. Du hast mir sehr glückliche Tage geschenkt. Ich werde mit Freude gehen. Das verspreche ich dir.«

Alles umsonst, was ich bisher für ihn gemacht habe! Wieso nimmt er sein Leben so leicht?! Wieso nimmt er mich so leicht?! Aber welche Alternative habe ich für ihn?!

Wieder die Polizei: »Herr Kowalski, wir werden Ihnen nichts tun. Wir werden nicht schießen, wenn Sie Ihre Waffe ablegen und rauskommen.«

»Lass uns uns der Polizei stellen, Alexander. Die werden dir nichts tun, haben die doch gesagt.«

»Der Tod grinst mich schon an. Es ist mir lieber, wenn er mich hier und jetzt abholt als später in einem fremden Land.«

Ich zitterte wieder, aber nicht mehr aus Angst, sondern aus Verbitterung über seine Starrköpfigkeit.

Schlagartig fiel mir eine Lösung ein: »Alexander, drück deine Pistole gegen meinen Kopf, nimm mich als Geisel, so werden sie dich gehen lassen. Und wir laufen gemeinsam zur Havel. Es ist doch nur eine halbe Stunde von hier. Dann bist du frei!«

»So etwas würde ich mir niemals erlauben, Edvard. Geh du raus und lass mich allein, bitte.«

»Warum nicht, warum gibst du jetzt auf, wo du nur noch eine halbe Stunde von deinem neuen Leben entfernt bist?!«

»Ich beuge mich dem Schicksal«, wiederholte der Starrköpfige.

Es gibt keine Alternative, als ihn dazu zu zwingen! Ich wollte gerade schreien: »Lassen Sie ihn gehen, sonst erschießt er mich!« als die Lautsprecherstimme dröhnte: »Herr Kowalski, Ihre Frau möchte mit Ihnen sprechen.«

»Friedrich! Friedrich!« Das ist die Stimme meiner Mutter! Ruft sie mich? Woher weiß sie, dass ich in Deutschland Friedrich heiße?

»Das ist meine Mutter!« gab ich Alexander zu wissen. Er antwortete aber nicht.

»Die Polizei wird dir nichts tun, Friedrich. Komm raus, komm zu mir! Und lass das Kind frei, bitte!« rief meine Mutter auf Norwegisch.

Alexander setzte sich in Bewegung und ging wie ein Automat langsam in Richtung Licht. Ich folgte ihm.

Draußen im grellen Scheinwerferlicht, das aus der dunklen Tiefe, aus dem Abgrund des Waldes hervorleuchtete, erkannte ich das blasse Gesicht meiner Mutter. Sie blickte Alexander an, ihre Augen rotgeweint, ihr Haar loderte wie die Flammen eines Waldbrandes.

»Friedrich, Friedrich...«, rief sie.

»Inger, Inger...«, murmelte Alexander. Sein Gesicht erschien mir in dem Scheinwerferlicht auf einmal riesengroß, seine verweinten Augen leuchteten.

Die Zeit stand still. Der Wald horchte.

Dann fiel der Schuss.

Und der Schrei. Der Schrei einer Frau, so ungehemmt, so wild wie der Schrei eines waidwunden Tieres. Der Schrei, unter dem sich der Nachthimmel so weit bog, bis die Gestirne in den Wipfeln der Bäume zerstieben, ihr ursprünglich weißes Licht sich in der gespenstischen Scheinwerferszenerie brach und in einem Band schreiender blutroter, gallengrüner, leichenweißer und knochenschwarzer Streifen wieder in die Höhe schoss. Wie ein erstarrter kosmischer Peitschenhieb schrieb der Schrei seine Spur über das Firmament.

*

Niemand will meinen Vater erschossen haben. Bis heute weiß keiner, wer es war. Mein Vater würde sagen, das war der liebe Gott, der ihn von seinen Sünden erlöste, und die Botin Gottes kam in Form meiner Mutter, wie es schöner nicht hätte sein können. Dass er gelassen gegangen ist, zeigten mir seine Augen, als er tot am Boden lag: weit aufgerissen, aber ohne Reue, ohne Schmerz, ja sogar mit einer leichten Spur von Freude, wie er es mir versprochen hatte.

Ein Polizist vernahm mich nach dem Tod meines Vaters im Polizeipräsidium, aber nur pro forma, routinemäßig. Er fragte, wie »er« mich von der Schule entführt hatte. »Er hat mich nicht entführt! Hören Sie zu, er hat mich nicht entführt!« Ich hieb mit der Faust auf seinen Schreibtisch und grölte. Er war verwirrt, fragte aber nicht nach. Man merkte, dass es ihn nicht mehr interessierte, was ein Toter vor seinem Tod wohl Richtiges oder Falsches gemacht hatte. Es interessierte ihn ebenso wenig, warum eine Norwegerin sich als die Frau dieses wertlosen Verbrechers ausgegeben und über seiner Leiche verzweifelt geheult hatte, warum ich mich auf die Leiche gelegt und nur noch »Papa! Papa!« herausgebracht hatte. Danach fragte er nicht. Und auf meine Frage, wie die Polizei denn den Bunker gefunden hatte, ging er nicht ein. »Ich bin nur der Protokollant.« Er entließ uns schon nach einer halben Stunde, mich und meine Mutter, die wir nicht wussten, ob wir es waren, die meinen Vater in den Tod getrieben hatten.

Erst Jahrzehnte später verriet mir meine Mutter, warum und wie sie damals nach Berlin gekommen war und mit der Polizei zusammen vor dem Bunker auftauchte. Sie ging nämlich, seitdem ich weggelaufen war, tagtäglich in die Osloer Stadtbibliothek und schnüffelte in den deutschen Zeitungen herum. Eines Tages entdeckte sie das Fahndungsfoto meines Vaters. Da sie der deutschen Sprache nicht mächtig war, riss sie den entsprechenden Artikel heraus und bat meinen Onkel, ihn ihr zu übersetzen. So erfuhr sie, dass der Kriegsverbrecher Friedrich Lange einen Zwölfjährigen als Geisel genommen hatte und sich auf der Flucht befand. Meine Mutter flog gleich am nächsten Tag nach Berlin, um Friedrich von schlimmeren Taten abzuhalten.

Direkt nach dem Tod meines Vaters war sie schweigsam wie ein Grab. Sie bat mich damals nur, ihr die Orte zu zeigen, an denen ich mit ihm gemeinsam gewesen war. Ich zeigte ihr meine Schule in Steglitz, in der er täglich unterrichtet hatte, mein Klassenzimmer, in dem er so oft vor meiner Schulbank gestanden und mit mir gesprochen hatte, meinen Stuhl, auf dem er gesessen hatte, um sich meine Zeichnungen anzusehen, und seinen Arbeitsplatz, der gerade leergeräumt wurde. Dann zeigte ich ihr den dichten Wald am Wannsee und ging mit ihr die Pfade, die ich mit ihm gegangen war. Im Bunker saßen wir an den Überresten des Lagerfeuers und starrten schweigend in die Asche, eine oder zwei Stunden. Dann führte ich sie zu dem Teil des Wannsees, in dem er geschwommen war und jetzt nur ein paar Wildenten verweilten. Ob ich seine Wohnung kenne? Ja, die kenne ich. Ich sagte ihr aber nicht, dass dort seine Frau und Tochter wohnten. Als wir vor seinem Wohnhaus standen, verriet ihr ein Blick auf das Klingelschild, dass er verheiratet gewesen war.

»Geh rein und frage, wann und wo seine Beerdigung stattfinden wird.«

»In fünf Tagen wird es sein, auf dem Friedhof Wannsee.«

Fünf Tage später gingen wir zur Beerdigung, besser gesagt wir waren nur Zaungäste, denn wir verbargen uns hinter Bäumen vor den Blicken der kleinen Trauergemeinde. So standen wir ungesehen nur wenige Meter von seinem Urnengrab entfernt, während seine Frau, seine Tochter und zwei seiner Lehrerkollegen sich vor seiner Asche verbeugten. Dann packte ich alle meine Sachen und flog mit meiner Mutter zurück nach Oslo.

In Oslo überreichte ich ihr das Seidenetui mit der flammenroten Haarsträhne. Und ich schenkte ihr das von mir und meinem Vater gemeinsam gemalte Gemälde, das sie auf ihrem Schaukelstuhl sitzend darstellte. Dann berichtete ich ihr, was mir mein Vater im Bunker über seine Vergangenheit erzählt hatte. Während sie mir zuhörte, verbarg sie ihr Gesicht hinter einem dicken Badetuch, so dass ich nicht zweifelsfrei sagen kann, ob sie geweint hat. Dann sperrte sie sich in ihr Zimmer ein und sprach nichts mehr mit mir über meinen Vater, jahrzehntelang hörte ich kein Sterbenswörtchen mehr über ihn. Erst als die damals bereits Vierundsiebzigjährige mit mir gemeinsam die Osloer Nationalgalerie besuchte und dort den »Lebensfries« von Edvard Munch sah, ja in Wirklichkeit wiedersah, kochten die Erinnerungen an meinen Vater in ihr hoch und sie brach ihr Schweigen.

Ein Jahr danach starb sie im Alter von fünfundsiebzig. Auf dem Krankenlager betonte sie, dass sie meinen Vater immer, und immer nur ihn geliebt hat, dass sie ihm in dem Moment, als sie ihn im Wannsee-Wald wiedersah, alles verzieh, ja nicht nur das, dass sie ihm von Anfang an nie etwas vorgeworfen hatte. Dass er Angst vor der Liebe gehabt hatte, dass er sie verlassen hatte, dass er sich eine andere Frau genommen hatte, ja, dass er ein Kriegsverbrecher gewesen war, das alles war ihr in dem Augenblick unwichtig geworden, als sie durch seine Augen hindurch seine Seele sah.

Aber kann ein Verbrecher überhaupt eine Seele haben?

»Ich weiß, was du denkst. Jeder Mensch hat eine Seele. Du musst sie nur sehen können. Und wenn du sie gesehen hast, musst du daran glauben.« Das waren ihre letzten Worte.

Nach dem Tod meiner Mutter übermannte mich weniger die Trauer, als die Leere. Aus dieser Leere stieg irgendwann ein Name auf und hallte in meinem Gehirn wie ein Echo in einem tiefen Tal. Ich folgte diesem Ruf und flog 2001 nach Israel, um Herrn Weichental, den Mann, der meinen Vater aufgespürt hatte, kennenzulernen. Er war damals bereits über achtzig Jahre alt und gerade von München nach Jerusalem übersiedelt, um »in seiner wahren Heimat auf den Tod zu warten«. Ich gab mich als einen seiner norwegischen Bewunderer aus und wurde ohne weiteres in seine Wohnung eingelassen. Er saß in seinem Fauteuil wie auf einem Thron inmitten des großen, kaum möblierten Wohnzimmers und schien sich über den Besuch eines Unbekannten sehr zu freuen.

»Herr Weichental, ich bin der Sohn von Friedrich Lange. Ich weiß nicht, ob Sie...«

»Verschwinden Sie! Ich habe mit seinem Tod nichts zu tun!« Auf Anhieb verschwand seine Freundlichkeit.

Ich war sehr überrascht, dass er sich 45 Jahre nach dem Tod meines Vaters noch so genau an ihn erinnern konnte. Denn der berühmte Holocaust-Überlebende hatte nach dem Krieg Hunderte von nationalsozialistischen Kriegsverbrechern aufgespürt und zum Teil der Justiz überstellt.

»Verstehen Sie mich bitte nicht falsch, Herr Weichental. Ich bin nicht hier, um Ihnen irgendetwas vorzuwerfen. Ich bin hier, um Sie zu bitten, meinem Vater zu verzeihen. Ich weiß, dass er alles zutiefst bereut hat. Er hatte nur keine Chance mehr, sich persönlich bei Ihnen zu entschuldigen.«

»Wieso bei mir entschuldigen?!« entsetzte sich Weidenthal. »Wie viele Unschuldige hat er denn auf dem Gewissen? Gehen Sie durch die Straßen Jerusalems, klingeln Sie bei jeder jüdischen Familie, und jede wird Ihnen sagen, dass sie Angehörige in Polen, höchstwahrscheinlich durch Ihren Vater, verloren hat!«

»Das weiß ich, das werde ich vielleicht auch tun. Aber Sie sind der einzige Mensch, von dem ich weiß, dass er ihn gesehen, ihn leibhaftig erfahren hat, so wie ich ihn gesehen und leibhaftig erfahren habe.«

Er schwieg.

»Ich möchte Sie nicht quälen, Herr Weichental, aber sehen Sie mich an, ich bin selbst auch schon ein alter Mann. Und die Geschichte meines Vaters hat mich 45 Jahre lang verfolgt, hat regelrecht Besitz von mir ergriffen. Ich will nicht ins Grab gehen, ohne seine Geschichte mit Ihnen zu teilen! Ich weiß, dass er Ihnen nicht gleichgültig ist, auch wenn Sie ihn verurteilt haben. Niemandem würde er gleichgültig sein, der ihm nur einmal tief in die Augen geschaut hat!«

Herr Weichental schloss seine Augen und ich verstand, dass er mir zuzuhören bereit war.

Ich fing an zu erzählen, von all dem, was ich hier geschrieben habe, angefangen von der Liebesgeschichte meiner Eltern, über meine Kindheit in Norwegen, meine Vatersuche in Deutschland, dass ich ihn fand, aber erst nach seinem Tod herausfand, dass er mein Vater war, und dass meine Mutter ihr Leben lang unverheiratet blieb und um ihn trauerte. Ich wollte den todkranken Herrn nicht mit meinem Redeschwall überschütten, aber ich konnte einfach nicht aufhören zu sprechen. Bei jedem Satz, den ich ihm entgegenwarf, spürte ich die Gegenwart meiner Eltern, so als wären sie mit dabei im Raum, als würden sie mit zuhören.

Ich weiß nicht mehr, wie lange mein Monolog gedauert hat. Das Zimmer war immer dunkler geworden und das Gesicht des Hausherrn immer unkenntlicher. Er schien bereits eingenickt, als er plötzlich seine Augen öffnete: »Komm hierher, Edvard.«

Ich trat an ihn heran. Er hielt meine Hände fest und sah mit rot unterlaufenen Augen zu mir hoch: »Das liegt alles am Krieg, Edvard, der Krieg macht uns alle zu Verlierern!«

Ich kniete mich neben ihn: »Könnten Sie mir noch einen Wunsch erfüllen? Könnten Sie ein paar Worte an meinen Vater schreiben?«

»Wozu denn? Er kann das doch nicht mehr lesen.«

»Ich werde es vor seinem Grab verbrennen. So machen es doch die Chinesen, wenn sie etwas ins Jenseits zu ihren verstorbenen Verwandten hinüberschicken wollen. Das hat mir ein chinesischer Freund erzählt.« Ich legte ein Blatt Papier und einen Stift auf seine Oberschenkel.

»Und du fällst auf dieses abergläubische Geschwätz herein?« Er gluckste, wurde aber gleich wieder ernst: »Ich weiß, was du von mir haben willst. Aber das kann ich nicht schreiben. Ich möchte, aber ich darf und kann es einfach nicht, zumal ich nicht sein Opfer bin. Ich hab's doch überlebt. Ich kann mir einfach nicht anmaßen, für seine Opfer irgendetwas auszusprechen.«

Meine Stirn sank auf die Armlehne seines Fauteuils. Er legte seine Hand auf meinen Kopf und seufzte.

»Dein Vater wurde auch verbrannt, hast du eben erzählt?« fragte er plötzlich.

»Ja.«

Er griff das Papier und den Stift und schrieb den folgenden Satz auf Deutsch und auf Hebräisch.

Die Liebe wird die Asche überdauern – Solomon Weichental

Auf meinem Rückweg von Jerusalem nach Oslo machte ich einen Zwischenstopp in Berlin. Ich ging zum Friedhof Wannsee, wo das Grab meines Vaters, der Unwürde eines nationalsozialistischen Verbrechers gemäß, unscheinbar, fast unauffindbar in einer verlassenen, von Moos überfilzten Ecke liegt. Ich rieb meine Manschetten so lange auf dem Grabstein, bis er frei von Moos war. Dann zündete ich das Papier an und übergab die Worte von Herrn Weichental den Flammen. Ich kann nur hoffen, dass der befreundete Chinese mich nicht veralbert hat und dass mein Vater die Nachricht tatsächlich erhalten hat.

Zeitfracht Medien GmbH
Ferdinand-Jühlke-Straße 7
99095 Erfurt, Deutschland
produktsicherheit@kolibri360.de